S

ENID BLYTON

Hanni und Nanni

sind immer dagegen

Goldenes
Schneider-Buch

Verzeichnis der übrigen
Hanni-und-Nanni-Bände
am Schluß des Buches
Die englische Originalausgabe
erschien unter dem Titel:
The Twins at St. Clare's
bei Methuen & Co. Ltd., London
Erscheint auch in England,
Frankreich, Italien, Spanien,
Schweden, in den
Niederlanden und den USA.
Deutsche Übersetzung:
Christa Kupfer
Umschlag: Nikolaus Moras
Illustration: Erich Hölle
Schrift: 10/11 Punkt Garamond
Druck: Erdl, Trostberg
Bestell-Nummer: 3641

Inhalt

Warum muß es gerade Lindenhof sein?

An einem sonnigen Sommernachmittag saßen vier Mädchen am Rand eines Tennisplatzes und tranken Limonade. Ihre Schläger lagen neben ihnen im Gras, und sechs weiße Bälle waren über den ganzen Platz verstreut.

Zwei Mädchen glichen sich wie ein Ei dem anderen. Marianne und Hanna Sullivan waren Zwillinge und sich so ähnlich, daß kaum jemand sagen konnte, welche Hanni war und welche Nanni. Beide Mädchen hatten dunkelbraunes lockiges Haar, tiefblaue Augen und ein fröhliches Lächeln.

Die Zwillinge verbrachten zwei Wochen bei ihren Freundinnen Mary und Fränzi Waters, mit denen sie im Augenblick eine lebhafte Unterhaltung führten. Hanni runzelte die Stirn, als sie sprach. Sie nahm ihren Tennisschläger in die Hand und schlug damit auf das Gras.

„Es ist einfach schrecklich", sagte sie, „daß Mami uns nicht in die gleiche Schule gehen läßt. Wir sind nun schon so lange Freundinnen, und jetzt sollen wir uns trennen. Wir werden uns jahrelang nicht sehen."

„Schade, daß unsere alte Schule nur Mädchen bis zwölf aufnimmt", sagte Nanni, „sonst hätten wir zusammenbleiben können, und alles wäre wieder sehr lustig geworden. Ich bin im letzten Jahr so gern mit Hanni Klassensprecher gewesen, und Hanni war Mannschaftsführer im Hockey und ich im Tennis. Aber nun sollen wir in eine Schule gehen, die uns überhaupt nicht gefällt, und wir sollen ganz von vorn anfangen. Jetzt werden wir die Jüngsten sein und gar nichts mehr zu sagen haben."

„Wirklich, es wäre nett, wenn ihr mit uns nach Ringmeer kommen könntet!" meinte Fränzi. „Mutter sagte, das wäre solch eine ausnehmend gute Schule, nur Kinder von wohlhabenden Leuten gingen dorthin, und man fände so nette Freundinnen. Wir werden einen eigenen Schlafraum haben und sogar ein eigenes Arbeitszimmer; wir brauchen auch keine Schulkleidung zu tragen, und das Essen soll ganz wundervoll sein!"

„Und wir müssen nach Lindenhof gehen", beschwerte sich Hanni, „wo jeder hingehen kann, wo sechs oder acht Mädchen in einem Raum schlafen."

„Ich kann mir gar nicht vorstellen, warum Mami uns nicht lieber nach Ringmeer schickt", sagte Nanni. „Ich möchte wirklich wissen, ob sie sich schon fest entschieden hat. Morgen, wenn wir nach Hause kommen, fragen wir sie, und wir werden sie sehr bitten, uns mit euch nach Ringmeer zu schicken. Am Abend rufen wir euch an und sagen Bescheid."

„Hoffentlich habt ihr gute Nachrichten!" sagte Mary. „Schließlich ist es nicht schön, wieder ganz unten zu beginnen, wenn man schon einmal in einer Schule wie Neuburg Vertrauensschülerin war."

„Noch nicht einmal Hockey spielen sie in Lindenhof", sagte Hanni, „dort spielen sie Handball! Das ist auch etwas, das ich Mami sagen werde: Ich mag nicht Handball spielen, nachdem ich Mannschaftsführer im Hockey war."

Die Zwillinge dachten angestrengt an all die Gründe, die sie ihren Eltern vortragen wollten, wenn sie morgen nach Hause kamen. Im Zug berieten sie sich noch einmal.

„Ich werde zuerst reden", sagte Hanni, „und du wirst mir dann zu Hilfe kommen. Schließlich sollten *wir* am besten wissen, welche Schule für uns am geeignetsten ist, und Lindenhof ist es ganz sicher nicht."

Am nächsten Mittag begannen die beiden Mädchen eine Unterhaltung über Schulen. Hanni sprach zuerst, und nach ihrer Art erklärte sie gleich, was sie auf dem Herzen hatte.

„Hört zu, Mami und Papi", sagte sie, „Nanni und ich haben viel über die neue Schule nachgedacht, und wir bitten euch sehr, uns nicht nach Lindenhof zu schicken. Das soll ein ganz schreckliches Internat sein."

Die Mutter lachte, und der Vater legte überrascht seine Zeitung zur Seite.

„Sei nicht albern, Hanni", sagte Frau Sullivan. „Lindenhof ist eine wunderbare Schule."

„Hast du dich schon ganz fest entschieden?" fragte Nanni.

„Noch nicht endgültig", sagte die Mutter. „Aber Papi und ich glauben, daß Lindenhof genau die richtige Schule für euch ist. Neuburg hat euch nämlich ein bißchen verdorben, das war ein sehr teures, anspruchsvolles Internat, und heutzutage muß man lernen, einfach zu leben. Lindenhof ist in dieser Beziehung wirklich vernünftig aufgebaut, außerdem kenne ich die Direktorin gut."

Hanni seufzte. „Vernünftig! Wie ich diese vernünftigen Dinge hasse. Die sind immer so gräßlich öde und langweilig! O Mami, laß uns doch mit Mary und Fränzi in die Ringmeer-Schule gehen."

„Ganz sicher nicht!“ antwortete Frau Sullivan. „Ringmeer ist sehr großspurig, und ich will keine Kinder haben, die auf alles und jedes herabsehen, wenn sie wieder nach Hause kommen.“

„Das würden wir nicht“, sagte Nanni und blinzelte Hanni zu, damit sie eine Weile ihren Mund hielt. Hanni regte sich sehr schnell auf, und gerade das konnte ihr Vater nicht leiden. „Mami, sei lieb, laß es uns doch mit Ringmeer versuchen. Du kannst uns ja jederzeit wieder fortholen. Schau, wir spielen doch so gern Hockey, und es wäre gar nicht schön, wieder Neues lernen zu müssen.“

Herr Sullivan klopfte mit seiner Pfeife auf den Tisch. „Meine liebe Nanni, euch wird es guttun, etwas völlig Neues zu lernen. Ich habe nämlich festgestellt, daß ihr beide im letzten Jahr sehr eingebildet und viel zu selbstbewußt geworden seid. Wenn ihr ganz von vorn beginnen müßt und herausfindet, daß ihr gar nicht so viel könnt, wie ihr glaubt, so wird euch das nur guttun!“

Die Zwillinge liefen rot an. Sie waren beleidigt und nahe daran, loszuheulen. Frau Sullivan hatte Mitleid mit ihnen. „Papi wollte euch nicht kränken“, sagte sie. „Aber er hat schon recht. Ihr habt eine wunderschöne Zeit in Neuburg gehabt. Dort konntet ihr machen, was ihr wolltet. Aber nun müßt ihr beweisen, was in euch steckt. Jetzt seid ihr die Jüngsten und müßt euch einfügen.“

Hanni sah verdrossen aus. Nannis Kinn zitterte, als sie sprach. „In Lindenhof sind wir sicher nicht glücklich“, sagte sie, „und wir werden auch gar nicht versuchen, es zu sein.“

„Nun gut, dann seid unglücklich!“ sagte ihr Vater streng. „Wenn das alles ist, was ihr in Neuburg gelernt habt, tut es mir leid, daß wir euch so lange dort gelassen haben. Ich wollte euch schon vor zwei Jahren wegholen, aber ihr habt so schrecklich gebettelt, bleiben zu dürfen. Nun kein Wort mehr darüber. Ich werde selber noch heute abend nach Lindenhof schreiben und euch anmelden. Wenn ihr wollt, daß ich stolz auf euch bin, dann macht ein bißchen fröhlichere Gesichter und entschließt euch, in eurer nächsten Schule fleißig und glücklich zu sein."

Der Vater steckte seine Pfeife an und begann wieder seine Zeitung zu lesen. Die Mutter nahm ihre Näharbeit zur Hand. Es war alles gesagt. Die Zwillinge verließen zusammen das Zimmer und gingen hinaus in den Garten. Sie begaben sich zu ihrem Geheimplatz hinter der alten Taxushecke und setzten sich auf den Boden. In Nannis Augen glänzten Tränen auf.

„Ich hätte niemals gedacht, daß Mami und Papi so unerbittlich sind", erklärte sie. „Niemals!"

„Schließlich sollten wir in dieser Sache auch etwas zu sagen haben", sagte Hanni wütend. „Wenn wir nur wegrennen könnten!"

„Sei nicht albern!" sagte Nanni. „Du weißt genau, daß das nicht geht. Es bleibt uns nichts übrig, als nach Lindenhof zu gehen. Aber wie ich diese Schule hasse!"

„Beide werden wir sie hassen!" sagte Hanni. „Und jetzt werde ich erst recht auf alles hinunterschauen. Die sollen uns bloß nicht für dumme Kinder halten, die sich alles gefallen lassen. Ich werde ihnen gleich zu Anfang sagen, daß wir Vertrauensschülerinnen und Mannschaftsführer im Tennis und Hockey waren. Findest du es nicht scheußlich von Papi, zu behaupten, wir seien eingebildet? Wir sind nicht ein bißchen eingebildet. Es ist nun einmal eine Tatsache, daß wir beide sehr intelligent sind und außerdem hübsch aussehen und recht unterhaltsam plaudern können."

„Wenn man dich so sprechen hört, klingt es doch ein bißchen eingebildet", sagte Nanni. „Vielleicht sollten wir in Lindenhof nicht so viel reden."

„Ich werde alles sagen, was ich will", erklärte Hanni, „und du mußt das gleiche tun. Alle Lehrerinnen müssen von uns Notiz nehmen. Die Sullivan-Zwillinge werden *jemand* sein. Vergiß das ja nicht, Nanni!"

Nanni nickte mit ihrem dunklen Lockenkopf. „Ich werde es nicht vergessen", sagte sie. „Du kannst versichert sein, daß Lindenhof im nächsten Jahr ein paar Überraschungen erleben wird."

Die Zwillinge kommen in Lindenhof an

Bald war es soweit, daß die Zwillinge nach Lindenhof abfahren mußten. Ihre Mutter hatte eine Liste mit den Sachen zusammengestellt, die sie mitnehmen sollten. Die Schwestern prüften sie eingehend.

„Für unsere alte Schule hatten wir eine viel längere Liste", meinte Hanni. „Schau nur, wie wenig Kleider wir mitnehmen dürfen. Mary und Fränzi haben erzählt, daß sie nach Ringmeer so viele Sachen mitbringen können, wie sie wollen!"

„Wart nur, bis wir erst in Lindenhof sind! Wir werden ihnen schon zeigen, daß wir uns nichts vorschreiben lassen", sagte Nanni. „Wann fährt eigentlich morgen unser Zug?"

„Um zehn Uhr von Hofkirchen", sagte Hanni. „Dort werden wir auch die Mädchen zum erstenmal zu Gesicht kriegen. Sicher sind sie eine komische Bande."

Frau Sullivan brachte ihre Töchter in die Stadt. Im Taxi fuhren sie zum Bahnhof. Dort erkundigten sie sich nach dem Zug nach Lindenhof. Bald hatten sie ihn gefunden. Auf dem Bahnsteig standen viele Mädchen. Sie sprachen aufgeregt miteinander, verabschiedeten sich von ihren Eltern, begrüßten Lehrerinnen, kauften Schokoladenriegel und Süßigkeiten.

Eine einfach gekleidete Dame trat auf die Zwillinge zu. Sie lächelte Frau Sullivan an und schaute auf ihre Liste. „Das müssen Hanna und Marianne Sullivan sein", sagte sie. „Ihr seht euch aber wirklich sehr ähnlich. Ich bin eure Klassenlehrerin Fräulein Roberts, und ich heiße euch herzlich willkommen!"

Das war eine nette Begrüßung; den Zwillingen gefiel auch Fräulein Roberts. Die Lehrerin war jung, schlank und heiter, aber sie hatte einen strengen Mund. Hanni und Nanni wußten sofort, daß sie keine Dummheiten duldete.

„Euer Wagen ist dort drüben", sagte Fräulein Roberts. „Verabschiedet euch jetzt und steigt ein. Der Zug wird in zwei Minuten abfahren."

Die Zwillinge umarmten ihre Mutter. „Auf Wiedersehen", sagte Frau Sullivan. „Und strengt euch an. Ich hoffe, daß ihr euch in Lindenhof wohlfühlt. Schreibt bald!"

Die Zwillinge stiegen in ein Abteil, in dem bereits vier Mädchen saßen und miteinander schwatzten. Hanni und Nanni beteiligten sich nicht am Gespräch, aber sie betrachteten mit großem Interesse die vielen Mädchen, die draußen im Gang auf und ab gingen. Die Fahrt verlief recht unterhaltsam. Um halb drei fuhr der Zug in einem kleinen Bahnhof ein, vor dem große Schulbusse bereitstanden. Lachend und schwatzend stiegen die Mädchen ein. Während der Fahrt deutete eine der Schülerinnen nach draußen.

„Schaut, dort drüben auf dem Hügel liegt Lindenhof!" Die Zwillinge schauten aus dem Fenster und sahen ein großes, weißes, von zwei Türmen begrenztes Gebäude. Es lag an einem Berghang und war von weiten Sportplätzen und Gärten umgeben.

„Neuburg gefiel mir aber besser", sagte Hanni zu Nanni. „Weißt du noch, wie hübsch unsere alte Schule in der Abendsonne aussah, wie ihr rotes Dach leuchtete und wie warm und anheimelnd sie wirkte? Nicht so kalt und weiß wie Lindenhof."

Ein paar Minuten hatten beide Mädchen Heimweh nach ihrer alten Schule und ihren alten Freundinnen. Hier in Lindenhof kannten sie niemand, und sie wollten auch niemand kennenlernen.

„Immerhin können wir glücklich sein, daß wir uns haben", sagte Nanni zu Hanni. „Allein herzukommen wäre schrecklich gewesen, noch nicht einmal reden wollen sie mit uns!"

Hanni und Nanni merkten gar nicht, daß die anderen Mädchen die Zwillinge viel zu „hochnäsig" fanden und deshalb nicht mit ihnen redeten.

Bei der Ankunft gab es ein großes Hallo. Hanni und Nanni fanden gemeinsam Unterkunft in einem der großen Schlafsäle. Sie freuten sich, daß ihre Betten nebeneinander standen.

Als alles ausgepackt und eingeordnet war, erschien ein großes schlankes Mädchen und fragte: „Irgendwelche Neuankömmlinge?"

Hanni und Nanni nickten: „Wir sind neu."

Dort lag Lindenhof, die neue Schule

„Hallo, Zwillinge!“ sagte das Mädchen und lächelte, als sie die Schwestern sah. „Seid ihr Hanna und Marianne Sullivan? Die Hausmutter möchte euch sprechen.“

Die Schwestern folgten dem Mädchen und betraten das geräumige, mit Schränken, Kommoden und Regalen ausgestattete Zimmer der Hausmutter. Sie war eine dicke, freundliche Frau, die aber ein paar sehr durchdringende Augen hatte.

„Die Hausmutter kann man nicht hintergehen“, flüsterte das Mädchen, das sie hereingeführt hatte. „Macht einen möglichst guten Eindruck.“

Die Hausmutter sah die Bettbezüge, Handtücher und Kleidungsstücke durch, die die Zwillinge mitgebracht hatten. „Ihr werdet eure Sachen selbständig ausbessern“, sagte sie.

„Du liebe Zeit“, rief Hanni. „In unserer alten Schule hatten wir dafür Näherinnen.“

„Entsetzlich“, sagte die Hausmutter kurz angebunden. „Hier gibt es keine Näherinnen. Also behandelt eure

Sachen sorgsam und denkt daran, daß sie eure Eltern viel Geld gekostet haben."

„Unsere Eltern haben es nicht nötig, sich wegen zerrissener Kleider aufzuregen", sagte Hanni. „In Neuburg zum Beispiel blieb ich einmal an einem Stacheldraht hängen, und alles, was ich anhatte, hing in Fetzen herunter. Meine Sachen waren so zerrissen, daß selbst die Näherin nichts mehr ausbessern konnte ..."

„Nun, ich hätte euch jedes Loch und jeden Riß flicken lassen", sagte die Hausmutter, und ihre Augen funkelten. „Wenn ich etwas nicht ertragen kann, so sind es Unachtsamkeit und Verschwendung. Richtet euch danach ... was gibt es, Milli?"

Ein Mädchen war mit einem Stapel Handtücher ins Zimmer gekommen, und die Zwillinge waren froh, gehen zu dürfen. Leise schlüpften sie aus dem Raum.

„Ich mag die Hausmutter nicht", sagte Hanni. „Und ich habe nicht schlecht Lust, irgend etwas so arg zu zerfetzen, daß es nicht mehr ausgebessert werden kann. Dann hätte sie einmal eine Nuß zu knacken."

„Jetzt wollen wir uns einmal in der Schule umschauen", sagte Nanni und hakte sich bei der Schwester unter. „Hier macht alles einen kalten und nackten Eindruck."

Die Zwillinge begaben sich auf Entdeckungsreise. Die Klassenzimmer unterschieden sich nicht von denen anderer Schulen, aber von den Fenstern hatte man einen wunderschönen Blick auf die Umgebung. Dann besichtigten sie die Aufenthaltsräume. In ihrer alten Schule hatten sie ein eigenes Arbeitszimmer, aber in Lindenhof mußten die unteren Klassen den großen Gemeinschaftsraum benutzen. In ihm befanden sich auch ein Radio, ein Plattenspieler und eine große Anzahl Bücher.

Außerdem gab es ein kleines Musikzimmer, einen Zeichensaal, ein schönes Laboratorium und eine riesige Turnhalle, die auch für Versammlungen und Konzerte verwendet wurde. Die Lehrerinnen besaßen zwei Aufenthaltsräume und ihre eigenen Schlafzimmer, während die Direktorin einen kleinen Flügel des Gebäudes bewohnte.

„So häßlich ist es hier gar nicht", meinte Hanni, als sie alles ausgekundschaftet hatten. „Auch die Sportanlagen sind sehr schön. Es gibt viel mehr Tennisplätze als in Neuburg, natürlich ist Lindenhof auch viel größer."

„Ich kann große Schulen nicht ausstehen", sagte Nanni.

Schließlich gingen die Zwillinge in den Gemeinschaftsraum. Das Radio war angedreht, und eine Tanzkapelle spielte heitere Weisen. Aber die Musik ging fast unter im lauten Geschwätz der Mädchen. Einige schauten auf, als Hanni und Nanni eintraten.

„Hallo, Zwillinge", sagte ein verschmitzt aussehendes Mädchen mit blondem Kraushaar. „Wer ist wer?"

„Ich bin Hanna Sullivan", sagte Hanni, „und das ist meine Schwester Marianne. Wir werden Hanni und Nanni genannt."

„Herzlich willkommen in Lindenhof", sagte das Mädchen. „Ich bin Hilda Wentworth. Ihr liegt im gleichen Schlafsaal. Seid ihr schon einmal in einem Internat gewesen?"

„Natürlich", erwiderte Hanni. „Wir waren in Neuburg."

„In der Schule der Eingebildeten!" warf ein dunkelhaariges Mädchen ein. „Meine Kusine war auch dort — und wie war sie hochmütig, als sie wieder nach Hause kam. Von hinten und von vorn wollte sie bedient werden. Sie hielt sich für zu fein, auch nur einen Knopf anzunähen."

„Halt den Mund", sagte Hilda, die bemerkte, daß Hanni rot anlief. „Immer redest du zuviel, Jenni."

„Wir wollten nicht hierher", sagte Hanni. „Wir wollten wie unsere Freundinnen in die Ringmeer-Schule gehen. In Neuburg hält man nicht viel von Lindenhof."

„Wirklich?" fragte Jenni und zog die Augenbrauen so hoch, daß sie fast in dem dunklen, über die Stirn gekämmten Haar verschwanden. „Meine lieben Zwillinge“, sagte sie, „es ist nicht wichtig, was ihr von Lindenhof haltet, sondern was Lindenhof von euch hält. Das ist etwas ganz anderes. Schade, daß ihr nicht woanders hingegangen seid. Ich habe so das Gefühl, als ob ihr nicht hierher paßt.“

„Jenni, sei ruhig“, sagte Hilda. „So etwas sagt man nicht zu Neuen. Sie müssen sich doch erst eingewöhnen. Kommt jetzt, ihr beiden, ich will euch das Zimmer der Direktorin zeigen. Ihr müßt ihr noch ‚Guten Tag‘ sagen, bevor wir zu Abend essen.“

Hanni und Nanni kochten fast über vor Zorn. Jennis Worte hatten sie sehr gekränkt.

Hilda schob die Zwillinge aus dem Raum. „Nehmt Jenni nicht so ernst“, meinte sie. „Sie ist ein Mensch, der immer genau das sagt, was er denkt. Das hört sich angenehm an, wenn Jenni jemanden nett findet, aber weniger angenehm, wenn das Gegenteil der Fall ist. Ihr werdet euch schon noch an sie gewöhnen.“

„Ich hoffe nicht“, sagte Hanni steif. „Ich schätze gutes Benehmen. Das war übrigens auch etwas, das in unserer alten Schule gelehrt wurde, selbst wenn man es hier nicht wissen sollte.“

„Seid nicht so spitzfindig“, sagte Hilda. „Hier ist das Zimmer der Direktorin. Klopft an, und dann könnt ihr eure guten Manieren ausprobieren.“

Die Zwillinge klopften. Eine angenehme, ziemlich tiefe Stimme rief „Herein!“ Hanni öffnete die Tür, und sie traten ein. Die Direktorin saß an ihrem Schreibtisch. Sie schaute auf und lächelte, als sie die Mädchen erblickte.

„Ich brauche euch nicht zu fragen, wer ihr seid“, sagte sie. „Nach eurer Ähnlichkeit zu schließen, müßt ihr die Sullivan-Zwillinge sein.“

„Das sind wir“, sagten die Mädchen und betrachteten ihre neue Direktorin. Sie war grauhaarig und hatte ein ernstes, würdevolles Gesicht, über das gelegentlich ein wunderschönes Lächeln huschte. Fräulein Theobald gab beiden Schwestern die Hand.

„Ich heiße euch sehr herzlich willkommen", sagte sie. „Ich hoffe, daß ihr uns einmal Ehre machen werdet. Tut euer möglichstes für Lindenhof, und Lindenhof wird sein möglichstes für euch tun."

„Wir werden es versuchen", sagte Nanni, und war selber ganz erstaunt über ihre Worte. Sie hatte nämlich gar nicht beabsichtigt, dies zu sagen. Hanni schwieg und sah starr vor sich hin.

„Ich kenne eure Mutter recht gut", sagte Fräulein Theobald. „Und ich habe mich sehr gefreut, daß sie euch hierher schickt. Schreibt ihr das bitte in eurem nächsten Brief und grüßt sie sehr herzlich von mir."

„Ja, Fräulein Theobald", sagte Hanni. Die Direktorin nickte ihnen noch einmal lächelnd zu und nahm dann wieder ihre Arbeit auf. Seltsame Kinder, dachte sie für sich. Man könnte fast meinen, es gefiele ihnen nicht bei uns. Aber vielleicht sind sie nur schüchtern oder haben Heimweh.

Doch die Zwillinge waren weder schüchtern noch hatten sie Heimweh. Sie waren einfach zwei halsstarrige Mädchen, die sich entschlossen hatten, alles schrecklich zu finden.

Ein schlechter Anfang

Die Zwillinge fanden bald heraus, daß sich Lindenhof in jeder Hinsicht von ihrer alten Schule unterschied. Sogar die Betten waren weniger bequem. Sie durften auch nicht ihre eigenen hübschen Überdecken auflegen. Alles mußte gleich sein.

„Ich mag wirklich nicht haben, was jeder hat", murrte

Hanni. „Könnten wir uns bloß nach unserem Geschmack anziehen und einrichten! Die würden Augen machen."

„Am schlimmsten finde ich es, daß wir die Jüngsten sind", beschwerte sich Nanni. „Ich mag einfach nicht wie eine Sechsjährige herumkommandiert werden."

Lindenhof war besser als die meisten übrigen Schulen. Deshalb machten die Zwillinge bald die Erfahrung, daß sie trotz ihrer Gescheitheit hinter der Klasse herhinkten. Und auch das war ihnen unangenehm.

Bald kannten sie alle neuen Mitschülerinnen. Neben Hilda Wentworth und der spitzzüngigen Jenni Robin waren aus ihrer Klasse noch die stille glatthaarige Vera Johns und die hochmütige Suse Naylor im gleichen Schlafraum. Suse konnten die Zwillinge gar nicht leiden.

„Ich weiß nicht, warum sie so überheblich tut", sagte Hanni zu Nanni. „Ihre Eltern besitzen zwar ein ganz herrliches Haus — ich habe das Foto auf ihrem Nachttisch gesehen —, aber wenn sie den Mund aufmacht, könnte man manchmal meinen, sie stamme von einem Straßenkehrer ab. Und kaum merkt sie, wie schlecht sie spricht, wird sie plötzlich wieder schrecklich vornehm."

In der Klasse war noch Katrin Gregory, zwölf Jahre alt und ständig ängstlich. Sie war die einzige, die schon in der ersten Woche mit den Zwillingen Freundschaft schließen wollte. Die anderen Mädchen machten eher einen Bogen um sie und redeten nur mit ihnen, wenn es unbedingt sein mußte. Alle hielten Hanni und Nanni für sehr hochnäsig.

„Katrin ist ein seltsames Mädchen", sagte Nanni. „Sie ist so bestrebt, sich anzubiedern. Sie scheint hier gar keine Freundin zu haben. Und dabei ist sie schon ein ganzes Jahr in Lindenhof."

„Irgendwie tut sie mir leid", sagte Hanni. „Sie erinnert mich an einen Hund, der seinen Herrn verloren hat und sich schrecklich bemüht, einen neuen zu finden."

Nanni lachte. „Genau so ist es! Von allen Mädchen mag ich übrigens Hilda am liebsten. Sie ist natürlich und fröhlich, ein Pfundskerl!"

Vor den älteren Mädchen hatten die Zwillinge großen Respekt. In der ersten Woche ihres Aufenthalts in Lindenhof sprach die Vertrauensschülerin Winifred James sie an. Winifred war ein großes, kluges Mädchen mit blaßblauen Augen und dichtem, hübschem Haar. In Lindenhof wurde sie sehr geschätzt.

„Ihr seid neu, nicht wahr?" fragte sie. „Gewöhnt euch nur gut ein und strengt euch an. Wenn ihr irgendwelche Schwierigkeiten habt, könnt ihr zu mir kommen. Ich bin die Vertrauensschülerin von Lindenhof und immer für euch da."

„Vielen Dank", sagten die Zwillinge. Sie fühlten sich sehr geehrt, daß die Vertrauensschülerin Notiz von ihnen nahm. Als Winifred mit ihren Freundinnen weiterging, starrten ihr die Zwillinge lange nach.

„Sie ist sehr nett", sagte Nanni. „Eigentlich finde ich die meisten älteren Schülerinnen nett, selbst wenn sie einen so ernsten und gewissenhaften Eindruck machen."

Die Zwillinge mochten auch ihre Klassenlehrerin, Fräulein Roberts, obwohl sie im Unterricht keine Albernheiten duldete. Manchmal versuchte Hanni mit ihr zu streiten. Sie sagte: „So habe ich es in meiner alten Schule gelernt — und so ist es richtig!"

„Wirklich?" erwiderte Fräulein Roberts dann. „Meinetwegen, tu, was du nicht lassen kannst; aber mit dieser Auffassung wirst du es in meiner Klasse nicht weit bringen. Du mußt immer daran denken, daß es für verschiedene Schulen verschiedene Maßstäbe gibt."

Hanni schob dann die Unterlippe vor und schmollte, während Nanni errötete und der Rest der Klasse zu grinsen begann. Diese eingebildeten Zwillinge würden auch noch von ihrem hohen Roß heruntersteigen!

Die Zeichenlehrerin, Fräulein Walker, war jung und lustig. Sie freute sich sehr, daß beide Zwillinge gut zeichnen und malen konnten. Hanni und Nanni mochten Fräulein Walkers Stunden am liebsten, denn bei ihr ging es sehr fröhlich zu. Sie durften beim Zeichnen sogar reden.

Bei „Mamsell“ hatten sie diese Freiheit nicht. „Mamsell“ war die Französischlehrerin, ältlich, streng und oft recht heftig. Eigentlich hieß sie natürlich „Mademoiselle“. Aber dieses französische Wort war den Mädchen viel zu umständlich. So hieß Mademoiselle längst überall „Mamsell“. Auch ihre Kolleginnen, sogar Fräulein Theobald, nannten sie so. Mamsell trug eine Brille, die ihr immer von der Nase rutschte, wenn sie sich aufregte, und das war ziemlich häufig der Fall. Sie hatte riesige Füße und eine rauhe Stimme, vor der die Zwillinge zuerst erschraken. Aber „Mamsell“ besaß auch Humor. Wenn ihr etwas Spaß machte, konnte sie so herzlich lachen, daß die ganze Klasse mitlachen mußte.

Hanni und Nanni hatten in Mamsells Unterricht zuerst einige Schwierigkeiten. Sie konnten Französisch zwar recht gut sprechen, hatten sich aber nie viel mit Grammatik und Rechtschreibung abgegeben. Und gerade darauf legte Mamsell großen Wert. „Hört zu, ihr beiden, Hanni und Nanni!“ schrie sie. „Es reicht nicht aus, meine Sprache zu kennen. Ihr schreibt sie ganz fürchterlich!“

„Fürchterlich“ war Mamsells Lieblingswort. Sie gebrauchte es für alles; für das Wetter, einen zerbrochenen Bleistift, die Schülerinnen, ja selbst für ihre eigene Brille, wenn sie wieder einmal von ihrer großen Nase herabfiel. Hanni und Nanni nannten sie deshalb „Mamsell Fürchterlich“.

In Geschichte unterrichtete Fräulein Kennedy. Die Mädchen machten ihr das Leben sehr sauer. Die Ärmste glich nämlich einer Vogelscheuche und brachte es nicht fertig, in der Klasse länger als fünf Minuten Ruhe zu halten. Sie war nervös, ernst und immer übermäßig höflich. Sie hörte sich jede, auch die albernste Frage genau an und beantwortete sie ausführlich. Dabei schien sie nie zu bemerken, daß sie meistens auf den Arm genommen wurde.

„Bevor Fräulein Kennedy kam, war Fräulein Lewis unsere Lehrerin", erzählte Hilda den Zwillingen. „Sie war einfach wunderbar. Dann wurde sie letztes Jahr krank, und die Direktorin hat Fräulein Kennedy mit ihrer Vertretung beauftragt. Die gute Kenny hat so viele Examen mit Auszeichnung bestanden, sie soll sogar klüger sein als die Direktorin selber, aber ihr könnt mir glauben, sie ist eine dumme Gans!"

Nach und nach wurden die Zwillinge mit den Sitten der Schule vertraut und lebten sich ein. Aber noch nach zwei Wochen konnten sie sich nicht daran gewöhnen, „niemand" zu sein, wie Hanni sich ausdrückte.

Ganz besonders ärgerten sie sich über eine Sache: In Lindenhof war es üblich, daß die jüngeren Schülerinnen für die Mädchen der Oberklassen kleine Arbeiten verrichteten. Die Mädchen der beiden Oberklassen hatten eigene Arbeitszimmer, immer zu zweit. In der kalten Jahreszeit durften sie dort den Ofen anzünden und sich Kaffee bereiten.

Eines Tages kam ein Mädchen in den Gemeinschaftsraum, wo sich die Zwillinge gerade aufhielten, und wandte sich an Jenni. „Hallo, Jenni", sagte sie, „du sollst zu Kay Longden kommen. Es ist Feuer anzumachen und Brot zu rösten."

Ohne ein Wort zu sagen, erhob sich Jenni und ging aus dem Zimmer. Hanni und Nanni starrten ihr nach.

„Wie frech doch diese Kay Longden ist", sagte Hanni, „Jenni in der Weise herumzukommandieren! Mir würde es nicht im Traum einfallen, für irgend jemand den Ofen anzuzünden."

„Ich täte es auch nicht!" erklärte Nanni. „Das soll doch eines der Hausmädchen machen oder Kay selber."

Hilda Wentworth blickte von ihrer Stickerei auf und sagte: „Ihr seid das nächste Mal dran. Wartet nur ab, in der nächsten Woche werdet ihr gerufen. Dann müßt ihr euch rühren."

„Das ist mir etwas ganz Neues!" schrie Hanni wütend. „Ich werde gewiß niemand bedienen. Die sollen gefälligst selber ihr Feuer anzünden und ihr Brot rösten. Nanni und ich werden nicht einen Finger krümmen. Und zwingen kann uns niemand dazu."

„Hoppla, hoppla", sagte Hilda. „Ich habe gar nicht gewußt, daß du so hitzig bist."

Hanni warf ihr Buch auf den Tisch und stürmte aus dem Zimmer. Nanni folgte ihr. Die anderen Mädchen, die zugehört hatten, lachten.

„Das sind doch Dummköpfe", sagte Hilda. „Was die sich einbilden! Warum können sie nicht vernünftig sein? Wahrscheinlich wären sie gar nicht so übel, wenn man sie ein wenig zurechtstutzte. Das sollten wir einmal besorgen."

„Ein guter Vorschlag!" sagte Vera. „Meine Unterstützung hast du! Die werden noch ihr blaues Wunder erleben, wenn sie erst einmal an der Reihe sind."

„Manche Leute maßen sich schrecklich viel an, obwohl sie gar keine Ursache dazu haben", sagte Suse hochmütig, „ich für meine Person würde außerhalb der Schule noch nicht einmal mit solchen Leuten reden."

„O Suse, steig von deinem hohen Roß herunter", sagte Hilda. „So schlimm sind die Zwillinge nun auch wieder nicht. Immerhin werden sie bald ein paar Überraschungen erleben."

Und so geschah es denn auch. Schon in der folgenden Woche passierte allerlei Unangenehmes.

Die Zwillinge bekommen Ärger

Ein paar Tage später, als die Zwillinge gerade nach Hause schrieben, steckte eine Schülerin ihren Kopf durch die Tür.

„Hallo, ihr beiden", sagte sie. „Seid ihr die Sullivan-Zwillinge? Eine von euch soll zu Linda Turm kommen."

Hanni und Nanni schauten auf. Hanni lief rot an und fragte: „Was will sie denn von uns?"

„Woher soll ich das wissen?" sagte das Mädchen. „Vielleicht will sie ihre Schuhe geputzt haben. Sie hat heute mittag eine Wanderung gemacht, und die Wege sind ziemlich schmutzig. Aber wie dem auch sei, beeilt euch, oder ihr werdet Ärger haben."

Das Mädchen verschwand, und die Zwillinge saßen einen Augenblick sprachlos da. Hilda drehte sich zu ihnen herum.

„Macht schon, ihr Schafsköpfe!" sagte sie. „Eine von euch muß zu Linda gehen und fragen, was sie will. Laßt sie ja nicht warten. Sie hat mindestens ein so hitziges Temperament wie du, Hanni."

„Ich werde gehen", sagte Nanni und stand auf. Aber Hanni hielt sie zurück.

„Nein, das wirst du nicht", sagte sie. „Ich denke nicht daran, hier irgendeinem Menschen die Schuhe zu putzen, und du tust das auch nicht!"

„Hanni, mach dich nicht lächerlich", sagte Jenni.

„Verschwindet schon", sagte Hilda. „Ihr müßt ja doch gehen. Warum also nicht gleich?"

Wieder steckte ein Mädchen den Kopf durch die Tür. „Wo sind denn diese Sullivan-Zwillinge? Die werden sich wundern, wenn eine von ihnen nicht sofort erscheint. Linda schäumt vor Wut."

„Komm", sagte Hanni zu Nanni. „Wir werden uns erkundigen, was sie will. Aber du kannst versichert sein, daß ich weder Schuhe putze noch Feuer anmache. Und du wirst es auch nicht tun." Die beiden Zwillinge standen auf und verließen das Zimmer.

Linda Turm befand sich mit ihrer Freundin Pamela in ihrem Arbeitszimmer, als Hanni die Tür öffnete.

„Könnt ihr nicht anklopfen?" rief Linda. „Trampelt einfach so herein! Außerdem möchte ich wirklich gern wissen, wo ihr die ganze Zeit gesteckt habt! Wir warten schließlich schon stundenlang."

Hanni war ganz verblüfft über diesen Anschnauzer, auch Nanni wagte kein Wort zu sagen.

„Habt ihr keinen Mund zum Reden?" blaffte Linda. „Meine Güte, Pam, hast du schon jemals solche Dummköpfe gesehen? Hört zu, eigentlich hätte ja nur eine zu kommen brauchen; aber da ihr nun einmal alle beide da seid, könnt ihr auch beide etwas für mich tun. Als erstes müßt ihr meine Schuhe putzen — und natürlich auch die von Pam. Dann sollt ihr Feuer anmachen und den Wasserkessel aufsetzen. Der Wasserhahn ist draußen im Korridor. Pam und ich holen inzwischen ein paar Bücher. Wenn wir zurückkommen, wird das Wasser wohl heiß sein. Dann wollen wir Kaffee kochen."

Die beiden großen Mädchen gingen zur Tür. Hanni, die sehr rot und böse geworden war, vertrat ihnen den Weg.

„Ich bin nicht nach Lindenhof gekommen", sagte sie, „um irgendwelche Schülerinnen zu bedienen, und meine Zwillingsschwester auch nicht. Wir werden weder eure Schuhe putzen noch Feuer anmachen."

Linda blieb wie angewurzelt stehen. Sie starrte Hanni an, als sei sie ein besonders widerliches Insekt. Dann drehte sie sich zu ihrer Freundin um.

„Putzt meine Schuhe", sagte Linda zu den empörten Zwillingen

„Hast du das gehört, Pam?" sagte sie. „Hast du schon solch eine Frechheit erlebt? Wie ihr wollt, ihr beiden. Also keine Spaziergänge in die Stadt. Vergeßt das nicht!"

Die Zwillinge schauten Linda entsetzt an. Die Schülerinnen von Lindenhof durften nämlich zu zweien in die Stadt gehen, um einzukaufen, Schaufenster zu betrachten und auch gelegentlich das Kino zu besuchen. Sicher hatte Linda nicht die Macht, ihnen das zu verbieten!

„Ich glaube nicht, daß du berechtigt bist, uns zurückzuhalten“, sagte Hanni zu Linda. „Ich werde zu Winifred James gehen und sie fragen!“

„Das habe ich noch nicht erlebt!“ schrie Linda zornentbrannt, und ihr rotes Haar umloderte sie wie eine Flamme. „Ihr wollt wohl wirklich eins aufs Dach bekommen! So rennt doch zu Winifred und erzählt ihr alles brühwarm. Ihr werdet ja sehen, was dabei herauskommt.“

Nanni war sehr bestürzt. Sie hätte es vorgezogen, zu bleiben und Linda zu gehorchen, aber die wütende Hanni duldete es nicht. Sie packte ihre Zwillingsschwester am Arm und zog sie mit zu Winifreds Zimmer. Die Vertrauensschülerin hatte einen eigenen Arbeitsraum. Sie war das einzige Mädchen, das ihr Zimmer mit niemand teilen mußte. Hanni klopfte an.

„Herein“, rief Winifred, und die Zwillinge betraten den Raum. Winifred arbeitete an ihrem Schreibtisch. „Was gibt es?“ fragte sie.

„Hör zu, Winifred“, sagte Hanni. „Linda Turm hat uns befohlen, ihre Schuhe zu putzen, Feuer anzumachen und Wasser aufzusetzen. Und als wir uns weigerten, das zu tun, behauptete sie, wir dürften zur Strafe nicht in die Stadt gehen. Und nun wollten wir deine Meinung dazu hören.“

„Ich will versuchen, es euch zu erklären“, sagte Winifred. „Hier in der Schule ist es Sitte, daß die jüngeren Mädchen den älteren kleine Arbeiten abnehmen. Sofern nicht übertrieben wird, tut das niemand weh. Alle Schülerinnen richten sich nach diesem ungeschriebenen Gesetz. Versteht ihr das?“

„Aber wir wollten nicht nach Lindenhof kommen“, erwiderte Hanni, „und deshalb denken wir auch nicht daran, dumme Sitten mitzumachen. Nicht wahr, Nanni?“

Nanni schüttelte den Kopf. Woher nahm Hanni nur den Mut, so mit Winifred zu sprechen?

„Ich würde nicht von vornherein unsere Sitten als dumm bezeichnen", sagte Winifred. „Nun seid einmal vernünftig! Könnt ihr denn keine Schuhe putzen? Habt ihr noch nie ein Feuer angezündet? Ist es denn so anstrengend, einen Wasserkessel aufzusetzen?"

„In Neuburg wurde das nicht von uns verlangt", sagte Hanni halsstarrig. „Und zu Hause müssen wir das auch nicht tun."

„Ich glaube auch gar nicht, daß ich weiß, wie man lehmige Schuhe säubert", sagte Nanni. Sie hielt das für eine gute Ausrede.

„Du liebe Zeit", sagte Winifred erstaunt. „Ihr seid schon so groß und wißt noch nicht einmal, wie man Schuhe putzt! Das ist einfach unbegreiflich. Um so mehr Grund, es jetzt sofort zu lernen. Geht zurück zu Linda und tut, was sie verlangt. Ich weiß, sie ist hitzig und wird euch schrecklich herunterputzen. Doch ehrlich gesagt, verdient ihr es auch. Habt ihr denn nicht ein klein wenig gesunden Menschenverstand?"

Winifred wandte sich wieder ihren Büchern zu, und die Zwillinge verließen mit roten Gesichtern den Raum. Leise schlossen sie die Tür hinter sich. Draußen schauten sie einander an.

„Ich werde diese scheußlichen Schuhe nicht putzen, und wenn ich das ganze Jahr nicht mehr in die Stadt gehen darf", sagte Hanni böse.

„Aber Hanni", rief Nanni entsetzt, „ich will mir doch neue Haarspangen und Schokolade kaufen! Wir sollten vielleicht doch besser gehorchen. Wenn wir uns wegen einer solchen Kleinigkeit so aufführen, dann halten uns die anderen für schrecklich albern. Sie lachen sowieso schon genug über uns."

„Du kannst Linda ja bedienen, ich tue es auf keinen

Fall", sagte Hanni und stolzierte mit erhobenem Kopf davon.

Nanni blieb noch eine Weile stehen und dachte über alles nach. Wenn ich die Arbeiten erledige, überlegte sie, kann ich in die Stadt gehen, und da Hanni genauso aussieht wie ich, kann sie auch gehen. Es muß nur eine hierbleiben. Auf diese Weise legen wir Linda ganz schön herein.

Nanni ging in Lindas Zimmer. Es war leer, aber auf dem Fußboden lagen mehrere sehr schmutzige, lehmüberkrustete Schuhe. Meine Güte, dachte sie, wie bekommt man nur diesen Dreck herunter?

Draußen hörte sie jemand vorbeigehen, und sie öffnete die Tür. Es war Katrin Gregory.

„Katrin!" rief sie. „Schau dir diese schrecklichen Schuhe an! Wie kann ich die nur sauberbekommen?"

Katrin blieb sofort stehen. Sie wollte Nanni gern einen Gefallen tun. „Du mußt erst all den Lehm abkratzen", sagte sie, „komm, ich helfe dir."

Die beiden Mädchen begannen, die Schuhe zu reinigen. Das nahm ziemlich viel Zeit in Anspruch. Als die Schuhe sauber waren, stellten sie sie ordentlich nebeneinander in das Schuhregal. Dann machten sie Feuer an. Katrin zeigte Nanni, wo man Wasser holen konnte und wie man den Wasserkessel auf den Ofen setzte. Gerade in diesem Augenblick kamen Linda und Pam zurück ins Zimmer.

„Also habt ihr euch doch entschlossen, vernünftig zu sein!" sagte Linda. „Wo ist übrigens deine Zwillingsschwester? Hat sie dir geholfen?"

„Nein", antwortete Nanni. Katrin verschwand.

„Na, dann richte ihr aus, daß sie nicht in die Stadt gehen darf, ehe sie ihren Anteil Arbeit getan hat", sagte Linda und ließ sich auf einen Stuhl fallen. „Kocht das Wasser schon? Meine Güte, der Kessel ist ja noch ganz kalt. Wann hast du ihn denn aufgesetzt?"

„Gerade eben", sagte Nanni.

„Der Gedanke, erst das Feuer anzumachen und den Kessel aufzusetzen und danach die Schuhe zu putzen, ist dir wohl nicht gekommen?“ fragte Linda spöttisch. „Als ich in deinem Alter war, hatte ich sehr viel mehr gesunden Menschenverstand. Aber jetzt verschwinde! Und wenn ich dich das nächste Mal rufe, dann beeil dich gefälligst!“

Nanni rannte fort. Sie kam sich sehr töricht vor. Warum nur hatte sie den Kessel nicht zuerst aufgesetzt? Kein Wunder, daß Linda sie für ein dummes Ding hielt!

Nanni erzählte Hanni, was sich ereignet hatte. „Und Linda sagt, du darfst nicht in die Stadt gehen, bevor du deinen Anteil Arbeit gemacht hast“, berichtete sie. „Aber du kannst es doch tun, denn niemand weiß ja, ob du gehst oder ob ich gehe. Ich glaube, daß uns bis jetzt noch niemand auseinanderhält.“

„Schon gut“, sagte Hanni ungnädig. „Wir werden Linda noch gehörig hereinlegen. An deiner Stelle gehe ich in die Stadt, sooft es mir paßt.“

Hanni verhielt sich genau, wie sie es gesagt hatte. Niemand merkte den Unterschied. Die Zwillinge amüsierten sich sehr über ihren gelungenen Streich.

Und dann gab es einen Reinfall! Hanni war zusammen mit Katrin nach dem Kaffee in die Stadt gegangen. Nanni befand sich im Gemeinschaftsraum und legte gerade eine Schallplatte auf, als ein Mädchen hereinkam.

„Hanni Sullivan“, rief sie. „Du sollst zu Linda kommen!“

Jetzt muß ich so tun, als sei ich Hanni, dachte Nanni. Aber warum soll Hanni zu Linda kommen? Ich bin doch diejenige, die für sie arbeitet!

Nanni erfuhr sehr bald, was Linda wollte. Als sie nämlich ins Zimmer trat, war Linda dabei, eine Namensliste für das kommende Wettspiel zusammenzustellen.

„Hanni Sullivan“, sagte sie, „ich habe dich gestern beim Handballtraining beobachtet. Du hast gute Leistungen gezeigt, und deshalb werde ich dich für das Spiel am

Samstag aufstellen. Du bist zwar ein albernes, halsstarriges Mädchen, aber mir ist eine gute Mannschaft wichtig."

Nanni starrte Linda überrascht an. Wie würde Hanni sich über diese Nachricht freuen. Nanni stammelte ein kurzes „Danke" und rannte davon. Sie wollte es der Schwester so schnell wie möglich sagen.

Hanni war sprachlos. „Ich darf schon in einem Wettspiel mitmachen", rief sie. „Wie anständig von Linda! Wenn sie gehässig gewesen wäre, hätte sie mich monatelang übergangen."

Dann wurde sie plötzlich schweigsam und wandte sich ab. Nanni wußte genau, was Hanni dachte, denn sie grübelte über das gleiche nach.

Schließlich sagte Hanni zu Nanni: „Ich komme mir wirklich gemein vor. Ich habe dich alle Arbeiten machen lassen. Und trotzdem bin ich in die Stadt gegangen, sooft ich wollte. Ich glaube nicht, daß wir recht gehandelt haben."

„Ich auch nicht", sagte Nanni. „Ich finde, daß wir uns sehr häßlich verhielten. Es war so anständig von Linda, dich in ihrer Mannschaft aufzustellen. Dabei war sie sicher wütend auf dich. Und weißt du was, Hanni? Eigentlich macht es mir gar nichts aus, den älteren Schülerinnen zu helfen. Irgendwie sind sie doch alle recht nett. Linda unterhält sich jetzt oft mit mir, und ich mag sie sehr gern, obwohl wir manchmal vor ihrem hitzigen Temperament ein wenig bange ist."

Hanni rieb sich die Nase und runzelte die Stirn. Das machte sie immer, wenn sie sich in ihrer Haut nicht wohlfühlte. Plötzlich stand sie auf und ging zur Tür. „Ich will Linda sagen, was ich ihr für einen Streich gespielt habe", erklärte Hanni. „Wenn ich mir so gemein vorkomme, kann ich keinen Wettkampf mitmachen."

Hanni rannte hinaus. Sie ging zu Lindas Zimmer und klopfte. Linda rief „Herein". Sie schaute Hanni überrascht an.

„Hallo, Nanni“, sagte sie. „Ich habe dich nicht rufen lassen!“

„Ich bin nicht Nanni, ich bin Hanni! Ich wollte mit dir wegen des Spiels am Samstag reden.“

„Dazu gibt es nichts mehr zu sagen“, antwortete Linda. „Ich habe dir ja schon vorhin alles erklärt.“

„Das ist es gerade. Du hast nicht mit mir gesprochen, sondern mit meiner Zwillingsschwester Nanni“, sagte Hanni. „Ich war nämlich in der Stadt. Ich weiß sehr wohl, daß ich nicht hingehen darf. Aber ich sehe Nanni so ähnlich, und da haben wir gedacht, wir wechseln einfach die Namen. Wir waren überzeugt, daß niemand die Wahrheit erraten würde.“

„Ein ziemlich übler Streich“, sagte Linda.

„Ich weiß“, erwiderte Hanni bedrückt. „Es tut mir auch sehr leid. Ich wollte mich jetzt nur entschuldigen und dir dafür danken, daß du mich in deiner Mannschaft aufgestellt hast. Natürlich weiß ich, daß du mich nach dieser Sache nicht spielen lassen kannst. Und dann möchte ich noch etwas sagen. Ich werde jetzt zusammen mit Nanni meinen Anteil Arbeit machen. Ich habe mich die ganze Zeit ziemlich albern betragen. Das wäre alles!“

„Nein, nicht ganz“, sagte Linda mit einer unerwartet freundlichen Stimme. „Ich habe noch etwas zu sagen. Du hast eine ziemlich niederträchtige Sache gemacht, aber du hast den Mut gehabt, deinen Fehler einzugestehen. Wir wollen jetzt nicht mehr darüber sprechen, ich möchte dir nur noch sagen, daß du trotzdem am Samstag spielen wirst.“

Hanni rannte zu Nanni, um ihr die freudige Nachricht mitzuteilen. Ihr Herz hüpfte vor Glück. Wie anständig Linda doch war! Wie hatte sie je auf den Gedanken kommen können, sie sei abscheulich und gemein!

Ich werde ihren Ofen anmachen und ihre Schuhe putzen, ich werde sogar ihren Fußboden schrubben, wenn es sein muß, dachte Hanni. Und sie kann versichert sein, daß ich am Samstag ein Dutzend Tore werfe.

Das tat sie zwar nicht, aber es gelang ihr ein schwieriger Wurf. Und sie war sehr stolz, als sie hörte, wie Nanni und Linda gleichzeitig riefen: „Gut gemacht, Hanni! Was für ein Tor!"

Ein Zweikampf mit Mamsell

Jede Woche wurden in Lindenhof Klassenarbeiten geschrieben. In ihrer alten Schule waren die Zwillinge fast in allen Fächern die Besten gewesen, aber zu ihrem Entsetzen stellten sie fest, daß ihre Leistungen in der neuen Schule weit unter dem Durchschnitt lagen.

Am meisten regten sich die Zwillinge bei „Mamsell Fürchterlich" auf, denn sie nahm keinerlei Rücksichten. Und als Hanni und Nanni wieder einmal zwei schlechte Aufsätze abgegeben hatten, war die Lehrerin sehr böse.

„Absolut ungenügend!" schrie Mamsell und trommelte mit ihrer großen Hand auf die Hefte, die vor ihr auf dem Tisch lagen. „Diese Arbeit ist einfach fürchterlich — fürch—ter—lich! Ihr werdet den ganzen Aufsatz noch einmal schreiben. Heute abend nach dem Essen will ich ihn fehlerfrei vor mir liegen haben."

„Heute können wir ihn nicht schreiben", erwiderte Nanni. „Wir dürfen nachmittags ins Kino gehen. Hat es nicht bis morgen Zeit?"

„Hat man schon solch eine Frechheit gehört!" erboste sich Mamsell und stampfte mit dem Fuß so heftig auf den Boden, daß die Hefte vom Pult herunterrutschten. „Ihr gebt einen völlig ungenügenden Aufsatz ab, und dann wollt ihr ins Kino gehen! Das dulde ich nicht! Ihr bleibt hier und

„Mamsell Fürchterlich" war empört über Hanni und Nanni

schreibt euren Aufsatz. Und entdecke ich mehr als einen Fehler, so werdet ihr ihn noch einmal schreiben."

„Aber wir haben schon die Kinokarten", sagte Nanni.

„Das kümmert mich überhaupt nicht!" schrie Mamsell, die nun völlig aus dem Häuschen war. „Ich habe mich nur darum zu kümmern, daß ihr Französisch lernt. Heute abend will ich eure Aufsätze vorliegen haben!"

Nanni war nahe daran zu weinen. Hanni hatte ihre Unterlippe vorgeschoben und sah aus, als wollte sie aufmucken. Die Klassenkameradinnen grinsten, und nicht wenige freuten sich, daß die Zwillinge einmal ordentlich zusammengestaucht wurden. Nach diesem Zwischenfall wagte niemand mehr unaufmerksam zu sein, und der Unterricht verlief reibungslos.

Als die Stunde vorüber war, berieten sich die Zwillinge. Hanni sagte: „Ich gehe doch ins Kino!"

„Aber Hanni", antwortete Nanni entsetzt. „Das können wir nicht tun. Wir würden einen schrecklichen Krach bekommen. Es ist schon vernünftiger, wir bleiben da und schreiben die Aufsätze."

„Ich gehe ins Kino!" sagte Hanni halsstarrig. „Diese dämlichen Aufsätze werden wir zwischendurch schreiben. Wir machen es gleich nach dem Mittagessen."

Aber nach dem Mittagessen mußten sie an einem Klassentreffen teilnehmen, bei dem über einen Ausflug beraten wurde. Anschließend hatten sie noch Kunstunterricht. Nanni begann sich Sorgen zu machen. Was war zu tun, wenn Hanni darauf bestand, ins Kino zu gehen, auch wenn sie die Aufsätze noch nicht geschrieben hatten? Nanni konnte sich nicht vorstellen, wie Mamsell darauf reagieren würde.

„Vielleicht sollten wir auf den Kaffee verzichten!" sagte sie zu Hanni, als sie nach der Zeichenstunde zusammen die Treppe hinunterrannten. „Dann könnten wir unsere Aufsätze abschreiben."

„Auf meinen Kaffee verzichten?" sagte Hanni empört. „Nein, danke! Ich habe den allergrößten Appetit. Ich weiß nicht woher das kommt, aber Kunst macht mich immer furchtbar hungrig. Und außerdem habe ich erfahren, daß Jenni einen großen Topf Pflaumenmarmelade geschickt bekommen hat; den will sie heute nachmittag aufmachen. Ich lasse mir meinen Anteil ganz sicher nicht entgehen. Pflaumenmarmelade liebe ich geradezu."

Da Nanni auch hungrig war, gab sie kleinmütig bei. „Dafür werde ich nicht ins Kino gehen!" nahm sie sich vor. „Das wage ich wirklich nicht!"

Doch nach dem Nachmittagskaffee zerrte Hanni ihre Schwester mit zum Schlafsaal, um den Mantel zu holen.

„Hanni, wir gehen doch nicht im Ernst?“ sagte Nanni.

„Natürlich gehen wir“, sagte Hanni entschlossen und schob die Unterlippe vor. „Nun mach schon!“

„Hanni, wir werden einen ganz ungeheuren Krach bekommen“, warnte Nanni. „Das ist die Sache nicht wert. Vielleicht läßt uns Mamsell jeden Tag eine Stunde nachsitzen oder sonst irgend etwas Gräßliches machen.“

„Sei kein Feigling!“ sagte Hanni. „Ich habe einen Plan. Mamsell hat gesagt, wir sollten ihr die Aufsätze nach dem Abendessen bringen, nicht wahr? Aber sie hat nicht gesagt, um welche Zeit nach dem Abendessen. Deshalb werden wir uns, wenn alles schläft, in den Gemeinschaftsraum hinunterschleichen und unsere Aufsätze schreiben, und anschließend werden wir sie bei Mamsell abliefern.“

„Hanni! Das werde ich nie wagen“, rief die arme Nanni. „Stell dir nur vor, was passiert, wenn wir nachts in Mamsells Zimmer eindringen. Du mußt verrückt sein!“

„Wenn ich mich verrückt betrage, dann ist Mamsell daran schuld“, sagte die widerspenstige Hanni. „Außerdem ist es mir gleichgültig, was geschieht. Schließlich wollten wir nie nach Lindenhof, und wenn man uns auf diese Weise behandelt, können wir nur froh sein, hinausgeworfen zu werden.“

„Hanni, das darfst du nicht sagen!“ erwiderte Nanni. „Überlege nur, was Mami und Papi denken würden.

„Das kümmert mich nicht“, erklärte Hanni. Aber so ganz wohl war ihr nicht zumute. „Komm schon“, sagte sie schroff. „Ich werde meinen Entschluß nicht ändern. Wenn du mitkommen willst, dann komm jetzt; wenn nicht, so kannst du gern ein Feigling sein und hierbleiben.“

Das wollte Nanni durchaus nicht. Und deshalb zog sie ihren Mantel an und folgte Hanni aus dem Zimmer. Auf dem Korridor begegneten sie Jenni.

„Hallo, ihr beiden", sagte Jenni. „Ihr geht also doch ins Kino. Wann habt ihr eigentlich eure Aufsätze abgeschrieben?"

„Wir haben sie noch nicht abgeschrieben", sagte Hanni. Jenni stieß einen Pfiff aus und starrte die Zwillinge überrascht an.

„Ich möchte nicht in eurer Haut stecken, wenn ihr das morgen Mamsell erzählt", sagte sie. „Ihr seid wirklich zwei Dummköpfe. Warum macht ihr euch eigentlich das Leben so schwer?"

Die Zwillinge antworteten nicht. Sie rannten die Treppe hinunter und waren bald schon in der Stadt. Doch trotz der schönen Naturaufnahmen gefiel ihnen der Film nicht. Um rechtzeitig nach Hause zu kommen, mußten sie sogar ein wenig früher gehen.

Nach dem Abendessen war noch eine Besprechung, an der die Zwillinge teilnehmen mußten. Sie wagten nicht zu schwänzen, denn Winifred James, die Vertrauensschülerin von Lindenhof, führte den Vorsitz.

Um neun Uhr war Zeit zum Schlafengehen. Im allgemeinen prüfte eine Lehrerin, ob alle Mädchen im Bett lagen, und knipste dann das Licht aus, aber heute kündigte Hilda an, daß sie dafür verantwortlich sei.

„Fräulein Roberts ist bei der Direktorin", sagte sie, „und deshalb muß ich sie vertreten. Beeilt euch jetzt! In fünf Minuten geht das Licht aus, und wer dann noch nicht ausgezogen ist, muß sich im Dunkeln fertigmachen.

Als Jo und Doris hörten, daß Fräulein Roberts heute nicht kam, begannen sie eine Kissenschlacht. Hin und her flogen die Kissen, und die Mädchen schütteten sich aus vor Lachen. Jenni kicherte, und Katrin mußte so lachen, daß sie den Schluckauf bekam.

„Ruhig, Katrin", befahl Hilda, „du machst das absichtlich. Ich kenne dich!"

„Das ist nicht wahr!" entrüstete sich Katrin und schluckte

so heftig, daß ihr Bett wackelte. Jenni konnte nicht aufhören zu kichern. Jedesmal, wenn sie sich ein wenig beruhigt hatte, fing die arme Katrin zu schlucken an, und Jenni lachte von neuem los.

Hilda verlor die Geduld. „Ihr seid gemein", schrie sie. „Wenn jemand hier vorbei kommt und diesen Lärm hört, muß ich dafür büßen. Schließlich bin ich für den Saal verantwortlich. Halt endlich den Mund, Jenni, und du, Katrin, steh auf und trink einen Schluck Wasser. Glaubst du im Ernst, wir könnten bei deinem Schluckauf einschlafen?"

„Tut mir leid", sagte Katrin und schluckte von neuem.

„Und ihr, Jo und Doris, geht jetzt endlich ins Bett", befahl Hilda. ‚Es ist mir egal, ob ihr die Federn aufgehoben habt oder nicht. Marsch!"

Innerhalb von fünf Minuten war Ruhe im Schlafsaal. Nur gelegentlich hörte man noch ein dünnes Kichern und ein schwaches, unterdrücktes Schlucken.

Die Zwillinge lagen wach und warteten darauf, daß die anderen einschliefen. Sie machten sich Sorgen, denn schon in einer Stunde würde Fräulein Roberts nachschauen, ob alles in Ordnung war. Und bis dahin konnten sie nicht im Bett bleiben. Sie mußten sich vorher in den Gemeinschaftsraum schleichen und ihre Aufsätze schreiben. Sonst wurde es auch zu spät, um zu Mamsell zu gehen.

„Nanni", flüsterte Hanni. „Nanni! Ich glaube, sie schlafen schon alle. Steh auf und komm."

„Aber Fräulein Roberts war doch noch nicht da", flüsterte Nanni zurück.

„Wir legen einfach unsere Kopfpolster in die Betten", sagte Hanni, „das sieht dann von weitem aus, als seien wir es."

Leise standen die Zwillinge auf, legten die Kopfpolster unter die Steppdecken und hofften, daß Fräulein Roberts nichts bemerkte. Dann verließen sie das Zimmer und gingen über die schwach beleuchtete Treppe zum Gemeinschaftsraum. Hanni schloß die Tür hinter sich und drehte das Licht an. Die zwei Mädchen setzten sich an den Tisch und legten ihre Französischhefte vor sich hin. Mit großer Sorgfalt schrieben die beiden den Aufsatz ein zweites Mal.

„Meiner hatte fünfzehn Fehler", sagte Nanni, hoffentlich hat er jetzt nicht mehr als fünf. Diese schreckliche ‚Mamsell Fürchterlich'! Ich bin so müde! Was meinst du, Hanni, sollen wir ihr die Hefte noch bringen? Meine Knie schlottern, wenn ich nur daran denke."

„Sei nicht blöd", sagte Hanni. „Was kann sie uns schon anhaben? Wir haben den Aufsatz neu geschrieben, und wir geben ihn nach dem Abendessen ab, und genauso hat sie es doch gewollt!"

Die Aufsätze waren fertig; jetzt galt es nur noch, Mamsell zu finden. Wo konnte sie sein? Im Zimmer einer Lehrerin — oder in ihrem eigenen Schlafraum — oder wo sonst?

„Nun komm schon", sagte Hanni schließlich. „Wir müssen sie suchen."

Die Zwillinge schlüpften aus dem Gemeinschaftsraum und gingen zum Zimmer der Französischlehrerin. Aber das Licht war ausgeschaltet und kein Laut zu hören. Sie suchten weiter. Auf dem Weg zu den Schulräumen vernahmen sie Mamsells Stimme.

„Sie ist in unserem Klassenzimmer", flüsterte Hanni. „Ich kann nicht verstehen, wer bei ihr ist; aber das ist ja auch egal. Wahrscheinlich ist es die Zeichenlehrerin, Mamsell ist doch dick mit Fräulein Walker befreundet."

Die Zwillinge klopften an. Eine überraschte Stimme rief: „Herein! Wer ist draußen?"

Hanni öffnete die Tür, und die beiden Mädchen traten ein. Wen fanden sie bei Mamsell, eine große Landkarte von Frankreich studierend? Niemand Geringeren als die Direktorin persönlich!

Die Zwillinge waren so entsetzt, daß sie einen Moment sprachlos dastanden. Mamsell war die erste, die redete. „Ist etwas passiert?" fragte sie. „Seid ihr krank, mes petites?"

„Nein", sagte Hanni, und ihre Stimme zitterte. „Wir sind nicht krank. Wir wollten nur die Aufsätze bringen, die wir neu schreiben sollten. Sie sagten, wir müßten sie nach dem Abendessen abgeben. Hier sind sie!"

„Aber warum bringt ihr sie so spät?" fragte Fräulein Theobald mit ihrer tiefen ernsten Stimme. „Ihr habt doch sicher gewußt, daß ihr sie vor dem Schlafengehen bringen solltet."

„Wir hatten vorher keine Zeit", sagte Hanni und kam sich plötzlich sehr albern vor.

„Oh, diese bösen Kinder", schrie Mamsell, die alles sofort erriet. „Sie sind also doch ins Kino gegangen. Deshalb hatten sie keine Zeit, die Aufsätze zu schreiben. Oh, Fräulein Theobald, diese Zwillinge sind noch mein Tod. Sie sollten einmal die Arbeiten sehen, die sie abliefern. Man könnte meinen, sie seien noch nie in eine Schule gegangen. Ihre Aufsätze sind fürchterlich!"

„Wir sind sehr wohl in eine Schule gegangen, und in eine sehr gute außerdem", sagte Hanni empört. „In eine viel bessere als Lindenhof."

Danach war ein Augenblick Schweigen im Raum. Fräulein Theobald sah nachdenklich aus.

Mamsell war sprachlos.

„Ich glaube, wir reden nicht mehr darüber", sagte Fräulein Theobald endlich. „Es ist recht spät. Legt euch schlafen und kommt morgen früh um zehn Uhr in mein Büro. Bittet Fräulein Roberts, euch eine Viertelstunde zu entschuldigen."

Mit ihren Französischheften unter dem Arm gingen die Zwillinge kleinlaut zurück ins Bett. Sie dachten gar nicht gern an den nächsten Morgen.

Unruhe in der Klasse

Als die Zwillinge in den Schlafsaal zurückkehrten, saß Hilda wach im Bett. Sie wollte gern wissen, wo die Zwillinge waren.

„Fräulein Roberts kam herein und drehte das Licht an", sagte Hilda. „Ich sah sofort, daß ihr unter die Steppdecken Kopfpolster gelegt hattet, aber Fräulein Roberts merkte nichts. Was habt ihr denn gemacht?"

Hanni erzählte es ihr. Hilda hörte verblüfft zu. „Was werdet ihr zwei denn als nächstes tun?" fragte sie. „Ehrlich gesagt, finde ich euch verrückt. Niemand würde je auf den Gedanken kommen, daß ihr in eurer alten Schule Vertrauensschülerinnen gewesen seid."

Die Zwillinge ärgerten sich über Hilda, besonders, weil sie spürten, daß sie recht hatte.

Um zehn Uhr am nächsten Morgen baten sie ihre Klassenlehrerin, sie eine Weile zu entschuldigen. Fräulein Roberts war offensichtlich über die Angelegenheit unterrichtet. Sie nickte mit dem Kopf und stellte keine weiteren Fragen. Die Zwillinge gingen mit klopfenden Herzen in Fräulein Theobalds Zimmer.

Die Direktorin stellte gerade Stundenpläne zusammen und bat die Zwillinge, sich ein paar Minuten hinzusetzen. Für die beiden Mädchen war dieses Warten recht unangenehm. Sie waren nämlich viel nervöser, als sie zugaben. Endlich hatte Fräulein Theobald ihre Arbeit beendet. Sie sah die Zwillinge an. Ihr Gesicht sah ernst, aber nicht eigentlich böse aus.

„Ich habe mir die Zeugnisse angeschaut, die ihr in eurer vorherigen Schule bekommen habt", begann die Direktorin. „Sie sind sehr gut, und anscheinend seid ihr gewissenhafte und verantwortungsbewußte Schülerinnen gewesen. Ich kann mir nicht vorstellen, daß sich euer Charakter in ein paar Wochen grundlegend gewandelt hat. Es muß also eine tiefere Ursache haben, daß ihr euch gestern abend so seltsam benommen habt. Wirklich, Mamsell und ich waren ziemlich entsetzt, als ihr in euren blauen Schlafanzügen vor der Tür standet."

Die Direktorin lächelte, und die Zwillinge fühlten sich schon viel besser. Hanni sprudelte hervor, was sich im Französischunterricht ereignet hatte.

„Hier ist der Unterricht ganz anders als in unserer alten Schule. Wir können uns anstrengen wie wir wollen, immer ist irgend etwas falsch. Es ist bestimmt nicht unsere Schuld. Und gestern war Mamsell schrecklich wütend auf uns, und ..."

Fräulein Theobald hörte geduldig zu.

„Eure Sorgen können leicht behoben werden", sagte die Direktorin dann. „Ich habe mich mit Mamsell unterhalten. Sie meint, daß ihr Französisch gut versteht und auch sprecht, daß ihr aber mit den schriftlichen Arbeiten Schwierigkeiten habt. Sie hat sich erboten, euch jeden Tag eine halbe Stunde Nachhilfeunterricht zu geben, bis ihr den Stand der Klasse erreicht habt. Das ist sehr freundlich von Mamsell, denn sie hat äußerst viel zu tun. Der ganze Ärger rührt nur daher, daß ihr hinter eurer Klasse herhinkt. Wenn ihr euch jetzt anstrengt und bei Mamsell eifrig arbeitet, dann wollen wir nicht mehr über euer albernes Betragen von gestern abend reden.

Die Zwillinge starrten Fräulein Theobald mit gemischten Gefühlen an. Sie waren sehr erleichtert, daß sie so glimpflich davongekommen waren, aber jeden Tag zusätzlich Französisch! Was für eine Last! Auf der anderen Seite fanden sie es sehr anständig von „Mamsell Fürchterlich", daß sie ihnen helfen wollte.

„Vielen Dank, Fräulein Theobald“, sagte Hanni schließlich. „Wir werden uns anstrengen, und wir hoffen, daß wir bald so viel können wie die anderen.“

„Das hoffe ich auch!“ sagte Fräulein Theobald. „Und jetzt geht zu Mamsell und vereinbart die Zeit mit ihr ... Und bitte, geistert nicht mehr nachts um halb elf durch die Gänge der Schule!“

„Ganz sicher nicht, Fräulein Theobald“, sagten die Zwillinge und lächelten der Direktorin zu. Die Welt schien plötzlich heiterer zu sein.

Hanni und Nanni gingen aus dem Zimmer und hopsten den Gang hinunter, der zum Gemeinschaftsraum führte. Dort befand sich Mamsell, die einen Stoß französischer Aufsätze korrigierte und leise vor sich hin murmelte, während sie die Seiten umblätterte.

„Très bien, ma petite Hilda! Oh, dieses schreckliche Mädchen, diese Jo! Ja ... herein!“

Die Zwillinge betraten das Zimmer. Mamsell lachte und klopfte ihnen auf die Schulter. Sie besaß zwar ein impulsives, hitziges Wesen, aber sie war nicht nachtragend.

„Jetzt wollen wir einmal sehen, wie rasch ihr die anderen einholt“, sagte sie. „Jeden Tag werden wir zusammen arbeiten und dabei gute Freunde werden, n'est ce pas?“

„Vielen Dank, Mamsell!“ sagte Hanni. „Wir waren gestern große Dummköpfe. Das wird sich ändern.“

„Und vielen Dank auch, daß Sie sich bereit erklärt haben, uns zu helfen“, fügte Nanni hinzu.

Damit war die Angelegenheit erledigt, und der Unterricht bei Mamsell ging ohne Störungen weiter. Mamsell hatte viel Geduld mit den Zwillingen, und diese wiederum strengten sich sehr an.

Aber niemand strengte sich bei dem armen Fräulein Kennedy an. Jenni war ein geborener Spaßvogel, und sie bereitete der unglückseligen Geschichtslehrerin schreckliche Stunden.

„Bitte, macht weniger Lärm", sagte Fräulein Kennedy. „Schlagt Seite 87 eures Geschichtsbuches auf. Heute wollen wir hören, wie die Leute im siebzehnten Jahrhundert lebten."

Sofort begannen die Mädchen mit fieberhaftem Eifer durch ihre Geschichtsbücher zu blättern, wobei sie ständig „87, 87" vor sich hin murmelten. Sie hörten gar nicht mehr auf damit.

„Welche Seite sagten Sie?" fragte Katrin dann mit Unschuldsmiene, obwohl sie es selbstverständlich genau wußte.

„Ich sagte Seite 87", erwiderte Fräulein Kennedy höflich. Sie war immer höflich, niemals barsch wie Mamsell oder spöttisch wie Fräulein Roberts.

„Ah, Seite 87", sagten alle Mädchen gleichzeitig, und sofort fingen sie wieder an, jetzt von hinten beginnend, geschäftig in den Büchern zu blättern, bis Jenni kicherte und die ganze Klasse mitlachen mußte. Fräulein Kennedy pochte auf das Pult.

„Bitte, bitte", sagte sie, „seid ruhig und laßt uns mit dem Unterricht fortfahren."

„Entschuldigen Sie, Fräulein Kennedy, trugen die Leute im siebzehnten Jahrhundert Kleider oder nur Häute?" fragte Jenni mit gespielter Einfalt. Fräulein Kennedy sah sie überrascht an.

„Du weißt doch genau, daß sie Kleider anhatten", sagte sie. „Ich habe hier ein Bild der damaligen Mode. Du solltest wirklich wissen, daß man zu der Zeit keine Häute mehr trug."

„Nicht einmal die eigenen Häute?" fragte Jenni. Das war eigentlich nicht witzig, aber die Klasse war nun in einem Zustand, in dem jedes Wort zum Kichern reizte. Und deshalb brachen die Zwillinge und alle anderen Mädchen in lautes Lachen aus.

„Vielleicht sind sie aus der Haut gefahren und trugen sie darum nicht mehr", sagte Hilda. Neues Kichern ertönte.

„Ich kann das nicht dulden", sagte Fräulein Kennedy. „Ich werde euer Betragen der Schulleitung melden."

„O bitte nicht, Fräulein Kennedy, bitte, bitte", jammerte die Klasse im Chor, und ein, zwei Mädchen gaben vor, zu schluchzen.

Armes Fräulein Kennedy! Jedesmal mußte sie sich mit solchen Ungezogenheiten herumplagen.

An einem Vormittag, an dem die Klasse besonders aufsässig war, lenkte Jenni die Aufmerksamkeit der Mädchen auf sich. Auf ein Zeichen hin sollten alle ihre Geschichtsbücher flach auf den Boden werfen! Jenni nickte, und die Bücher krachten auf den Boden. Fräulein Kennedy sprang entsetzt auf, und im nächsten Augenblick öffnete sich die Tür und Fräulein Roberts trat ein. Sie hatte Unterricht im angrenzenden Raum, und als sie den Aufprall der zwanzig Geschichtsbücher hörte, fand sie es angebracht, sich nach der Ursache des Lärms zu erkundigen.

„Vielleicht wollen Sie mir ein paar Namen melden, Fräulein Kennedy", sagte Fräulein Roberts kalt. „Sicher finden Sie es genauso schwierig wie ich, bei all diesem Krach zu unterrichten." Fräulein Roberts sah ernst aus, und die Klasse gab keinen Mucks von sich.

„Fräulein Roberts", sagte sie, „es tut mir sehr leid wegen des Lärms, aber Sie müssen verstehen ..."

Doch Fräulein Roberts war schon gegangen und hatte die Tür fest hinter sich zugeschlagen.

„Kennedy wird niemand melden", flüsterte Jenni Hanni zu. „Wenn sie das nämlich tut, muß sie die ganze Klasse melden, und das wäre ihr sicherlich peinlich."

Fräulein Kennedy meldete niemand, aber in der Geborgenheit ihres Schlafzimmers grübelte sie die ganze Nacht. Sie war nach Lindenhof gekommen, weil ihre Freundin, Fräulein Lewis, krank geworden war — und jetzt hatte Fräulein Kennedy das Gefühl, daß sie ihre Freundin im Stich ließ. Sie konnte mit den Mädchen nicht fertigwerden. Sicher hatte in diesem Jahr keines auch nur einen Strich Geschichte gelernt. Und Fräulein Roberts hatte sich so kalt und schroff benommen, als sie hereinkam. Vielleicht beschwerte sie sich bei der Direktorin. Es war schrecklich, ein solcher Versager zu sein.

Ich fürchte mich vor den Mädchen. Das ist mein größter Fehler, dachte Fräulein Kennedy. Und ich habe Angst, sie zu melden, denn dann würden sie mich noch weniger mögen und der Unterricht wäre unangenehmer als je zuvor.

Während das arme Fräulein Kennedy dies überlegte, plante Jenni bereits neue Streiche. Jenni hatte mehrere Brüder, und diese Lausbuben sandten ihr alle Arten von Scherzartikeln.

„Hanni! Nanni! Schlaft ihr?" flüsterte Jenni. „Meine Brüder schicken mir Knallfrösche und vielleicht auch Wunderkerzen. Die sollen einen Heidenlärm verursachen. Da könnt ihr euch nächste Woche auf etwas gefaßt machen. Ich hoffe, das Paket kommt morgen."

Jenni plant einen neuen Streich

Das Paket mit den Knallfröschen und Wunderkerzen kam pünktlich an. Jenni kicherte, als sie es in Empfang nahm. Sie winkte die Zwillinge herbei, und gemeinsam gingen sie hinauf in den Schlafsaal. Dort öffneten sie das Paket. Es enthielt eine Schachtel mit etwa fünfzig Knallfröschen, die klein und unschuldig aussahen, und außerdem ein paar Tüten Wunderkerzen.

„Machen die auch wirklich soviel Lärm?" fragte Hanni und nahm einen Frosch in die Hand. „Ich glaube nicht, daß sie mehr als ein sanftes Puffen zustande bringen."

„Darum brauchst du dich nicht zu sorgen", sagte Jenni. „Ich werfe gleich ein Dutzend auf einmal. Das gibt dann schon einen feinen Knall. Wir werden sicher viel Spaß haben."

Kichernd verließen die Mädchen den Schlafsaal. Sie konnten kaum abwarten, daß die Geschichtsstunde kam. Jenni erzählte den Kameradinnen, was sie vorhatte, und die ganze Klasse geriet in große Aufregung. Sogar Fräulein Roberts bemerkte, daß irgend etwas nicht stimmte. Dabei versuchten die Mädchen, sehr angestrengt zu arbeiten. Am Ende der Mathematikstunde richtete Fräulein Roberts ein paar ruhige Worte an die Klasse.

„Anschließend werdet ihr wie gewöhnlich Geschichtsunterricht haben. Ich erwarte, daß ihr euch bei Fräulein Kennedy genauso anstrengt wie bei mir. Wenn nicht, muß ich einmal ernsthaft mit euch reden. Ich will heute morgen keine Störungen mehr haben. Verstanden, Jenni?"

Jenni sprang auf. Sie konnte sich nicht vorstellen, warum Fräulein Roberts gerade sie angesprochen hatte. Sie ahnte nicht, daß sie äußerst schuldbewußt aussah.

„Ja, Fräulein Roberts", sagte Jenni und nahm sich vor, die Knallfrösche nicht loszulassen.

Aber ihre Kameradinnen bestürmten sie während der Pause, es doch zu tun. Sie bestanden darauf, daß Jenni ihr Versprechen einhielt.

„In Ordnung", sagte Jenni endlich. „Aber um Himmels willen verpetzt mich nicht bei Fräulein Roberts. Und versprecht mir, nicht so laut zu lachen. Wenn uns Fräulein Roberts hört, kommen wir in Teufels Küche. Sie unterrichtet ja ganz in der Nähe."

„Nein, das tut sie nicht", sagte Katrin. „Sie will der neunten Klasse im Laboratorium etwas zeigen. Das sagte sie vorhin zu jemand. Sie ist also im entgegengesetzten Teil der Schule und bereitet den Versuch vor."

„Um so besser", sagte Jenni sehr erleichtert. „Paßt mal

auf, wir werden großen Spaß haben. Das kann ich versprechen."

Die ganze Klasse saß mucksmäuschenstill, als die Geschichtslehrerin ins Zimmer trat. Fräulein Kennedy war nervöser als gewöhnlich. Sie dachte noch immer daran, wie sich die Mädchen das letzte Mal aufgeführt hatten. Als sie die Klasse so still auf ihren Plätzen sitzen sah, fiel ihr ein Stein vom Herzen.

„Guten Morgen!" Fräulein Kennedy ging zum Pult.

„Guten Morgen, Fräulein Kennedy", antwortete die Klasse im Chor, und der Unterricht begann. Gleich am Anfang mußte sich Fräulein Kennedy an die Tafel stellen, um Geschichtszahlen aufzuschreiben. Dabei zeigte sie immer wieder auf die große Karte, die neben der Tafel hing. Sofort drehten alle Mädchen ihren Kopf nach Jenni um.

Der große Augenblick war da! Jenni saß auf der vordersten Bank. In ihrem Pult lag die Schachtel mit den Knallfröschen. Vorsichtig hob sie den Deckel ab und nahm etwa ein Dutzend heraus. Sie warf sie genau vor die Karte. Alle warteten gespannt. Ein paar Sekunden lang passierte nichts; erst als sich Fräulein Kennedy umdrehte und einen Schritt machte, begann ein Höllenspetakel. Die Hälfte der Knallfrösche ging gleichzeitig los. Es krachte, fauchte, zischte. Beim nächsten Schritt krachte es wieder. Die Mädchen saßen aufgeregt da und beobachteten das arme Fräulein Kennedy, das genauso erschrocken aussah, wie sie es erwartet hatten.

Wieder gingen einige Knallfrösche los, und kleine Papierfetzen stoben nach allen Seiten. Jenni sprang auf, nahm den Tafellappen und begann angestrengt und mit unnötigem Lärm das verstreute Pulver zusammenzuwischen.

„Jenni! Jenni! Hör auf!" schrie Fräulein Kennedy, die fürchtete, die Nachbarklasse zu stören.

Zu der Zeit kicherten die Mädchen schon, obwohl sie sich sehr mühten, ernst zu bleiben. Als noch einmal Knallfrösche zerbarsten, konnte die Klasse das Lachen nicht mehr zurückhalten. Ihre Heiterkeit wurde noch größer, als Jenni mit dem Tafellappen auf dem Boden herumwedelte und einen enormen Staub aufwirbelte.

Fräulein Kennedy wurde blaß. Sie stand auf und sah die Klasse unerwartet streng an.

„Heute morgen fällt der Geschichtsunterricht aus", sagte sie. „Ich weigere mich, eine solch rücksichtslose Klasse zu unterrichten."

Dann verließ sie das Zimmer. Ihr Gesicht war weiß, und ihre Augen schwammen in Tränen.

Fräulein Kennedy nahm sich vor, zur Direktorin zu gehen und ihre Stellung zu kündigen. Aber so erregt konnte sie nicht mit Fräulein Theobald sprechen. Deshalb beschloß sie, bis Mittag zu warten. Eilig kritzelte sie eine Notiz für Fräulein Roberts und sandte sie ihr durch ein Hausmädchen.

„Es tut mir leid, aber ich fühle mich nicht wohl und muß deshalb Ihre Klasse eine Weile allein lassen", stand auf dem Zettel.

Die Mädchen waren ziemlich verblüfft gewesen, als Fräulein Kennedy aus dem Zimmer ging. Einige fühlten sich beunruhigt. Aber als es noch einmal zu krachen und zu knallen begann, erschien ihnen alles wieder komisch.

„Habt ihr gesehen, was die Kenny für ein Gesicht machte, als der erste Frosch losging?" schrie Jo. „Ich bin vor Lachen fast umgekommen."

„Diese Knallfrösche sind herrlich", rief Hilda. „Wirf noch ein paar! Kenny wird nicht so bald zurückkehren."

„Paßt auf", rief Jenni. „Jetzt werde ich die Wunderkerzen anstecken!" Jenni schüttete eine ganze Tüte auf einmal aus. Sie hatte gerade ein Streichholz angezündet und hielt es an die Kerzen, als Doris, die an der Tür des Klassenzimmers stand und Wache hielt, plötzlich einen Schrei ausstieß.

„Vorsicht! Fräulein Roberts kommt. Geht auf eure Plätze! Schnell!"

Alle hasteten sofort an ihre Pulte. Sie schlugen die Geschichtsbücher auf und beugten die Köpfe darüber. Als Fräulein Roberts den Raum betrat, sah die Klasse recht friedfertig aus, um so mehr, als sich Jenni anstrengte, die angezündeten Kerzen möglichst tief unter die Bank zu halten. Aber das nützte nicht viel.

„Was ist los?" rief Fräulein Roberts. „Hat Fräulein ..."

Sie konnte ihre Frage nicht zu Ende bringen, die Wunderkerzen brannten nun mit gewaltigem Zischen, Sprühen und Krachen ab. Funken flogen herum.

„Um Himmels willen", sagte Fräulein Roberts. „Was in aller Welt ist denn hier los?"

Wieder tat niemand den Mund auf. Aber diesmal hörte man auch kein Kichern und Lachen, noch nicht einmal ein unterdrücktes Gemurmel. Alle Mädchen sahen verängstigt aus.

Nun rutschte auch die Schachtel mit den restlichen Knallfröschen aus Jennis Tasche, in die sie sie in aller Eile gesteckt hatte. Es krachte und knallte fast noch lauter als vorher. Fräulein Roberts' Mund wurde sehr streng und schmal. Sie schaute die Klasse an.

„Ihr habt also Knallfrösche geworfen und Wunderkerzen abgebrannt", sagte sie. „Wer hat die mitgebracht? Ich werde jetzt den Raum verlassen und hinüber ins Lehrerzimmer gehen. Ich warte dort auf das Mädchen, das diesen dummen und gefährlichen Streich ausheckte. Ich hoffe, daß sie sich unverzüglich meldet."

Fräulein Roberts verließ das Zimmer. Die Mädchen starrten sich entsetzt an. Es war ja ganz schön, die dumme alte Kenny hereinzulegen, aber mit Fräulein Roberts konnte man sich diese Scherze nicht erlauben.

„Du liebe Zeit, jetzt geht es mir an den Kragen!" sagte Jenni trübselig. „Ich gehe besser hinüber und bringe es schnell hinter mich.“ Sie ging zur Tür. Die Zwillinge schauten sich an. Dann rannte Hanni ihr nach.

„Jenni! Warte! Ich gehe mit dir. Ich habe die gleiche Strafe verdient. Schließlich habe ich dich angestachelt.“

„Und ich bin genauso beteiligt“, sagte Nanni sofort.

„Wirklich, das ist anständig von euch“, sagte Jenni. Sie hakte sich bei Hanni ein und legte ihren anderen Arm um Nanni. Dann sagte Hilda: „Ich komme mit. Eigentlich haben wir alle schuld. Zwar hast du die Knallfrösche besorgt und geworfen, aber wir hatten doch alle unseren Spaß, und deshalb sollten wir alle dafür büßen.“

Es endete damit, daß die ganze Klasse niedergeschlagen und beschämt ins Lehrerzimmer ging. Fräulein Roberts schaute überrascht auf, als die vielen Mädchen ins Zimmer kamen. „Was soll denn das heißen?“ fragte sie streng.

„Fräulein Roberts, darf ich es Ihnen erklären?“ sagte Hilda. „Ich bin die Klassensprecherin.“

„Ich will das Mädchen sehen, das für diesen dummen Streich verantwortlich ist“, sagte Fräulein Roberts. „Wer war das?“

„Ich“, sagte die arme Jenni und wurde ziemlich blaß. Ihre Knie zitterten, und sie schaute auf den Boden.

„Aber wir waren alle daran beteiligt“, sagte Hilda. „Wir wollten, daß Jenni es tut.“

„Darf ich fragen, ob ihr Fräulein Kennedy den gleichen dummen Streich gespielt habt?“ fragte Fräulein Roberts.

„Ja“, erwiderte Jenni leise.

„Das erklärt alles“, sagte Fräulein Roberts und dachte an die Notiz, die ihr Fräulein Kennedy geschickt hatte. „Nun, ihr werdet jetzt gemeinsam zwei Stunden damit zubringen, die Wände abzuwaschen und den Boden und die Pulte zu schrubben. Dafür werdet ihr eure Freizeit opfern müssen.“

„Ja, Fräulein Roberts!“ sagte die Klasse bedrückt.

„Außerdem werdet ihr euch natürlich bei Fräulein Kennedy entschuldigen“, fuhr Fräulein Roberts fort.

Die Klasse stob davon, und bald fand sich Fräulein Kennedy zu ihrer Überraschung von Mädchen belagert, die sich sehr kleinlaut wegen ihres schlechten Betragens entschuldigten. Sie sagten ihr nicht, was passiert war. Fräulein Kennedy hatte also keine Ahnung, daß Fräulein Roberts die gleichen Überraschungen erlebt hatte, daß sie aber die ganze Angelegenheit mit strenger Hand geregelt hatte. Fräulein Kennedy glaubte im Ernst, daß die Mädchen aus eigenem Antrieb um Verzeihung baten, und sie war fast glücklich. Ich werde nicht kündigen, dachte sie.

Das Mitternachtsfest

In den nächsten zwei Wochen war Fräulein Roberts sehr streng mit ihrer Klasse. Den Mädchen gefiel diese Behandlung zwar nicht, aber niemand wagte aufzumucken.

„Fräulein Roberts behandelt uns wie kleine Kinder", beschwerte sich Nanni.

„Du hast recht", bestätigte Hanni. „Und trotzdem mag ich sie gut leiden. Ich habe großen Respekt vor ihr."

„Wenn sie doch auch uns respektierte!" sagte Nanni düster. „Vielleicht würde sie uns dann sogar mögen, und wir müßten nicht solch ein anstrengendes Leben führen. Als ich heute morgen vergaß, ihr mein Mathematikheft zu zeigen, machte sie ein Gesicht, als wollte sie mich bei der Polizei abliefern."

Hanni lachte. „Sei kein Schaf" sagte sie. „Übrigens vergiß nicht, für Fräulein Theobalds Geburtstagsgeschenk zwei Mark zu geben. Ich habe schon bezahlt."

„Oje", stöhnte Nanni. „Hoffentlich besitze ich noch zwei Mark. Ich mußte fünfzig Pfennig für die Klassenkasse bezahlen, und eine Mark gab ich dem Hausmädchen, damit es mein Kleid säuberte. Und letzte Woche mußten wir ja fünfzig Pfennig für das Kindergenesungsheim spenden. Ich bin ziemlich pleite!"

Nanni ging zum Wandregal des Gemeinschaftsraumes und nahm den Geldbeutel aus ihrem Fach. Er war leer.

„O Schreck", sagte Nanni entsetzt. „Ich weiß bestimmt, daß ich zwei Mark in meinem Geldbeutel hatte. Hast du sie dir ausgeliehen, Hanni?"

„Nein, sonst hätte ich es dir gesagt. Wahrscheinlich ist das Geld in deiner Manteltasche."

Aber die zwei Mark waren nirgends zu finden. Nach langem vergeblichem Suchen kam Nanni schließlich zu der Überzeugung, daß sie das Geld verloren hatte.

Dann kam Jennis Geburtstag heran, und alle Mädchen gingen in die Stadt, um ein kleines Geschenk für sie zu kaufen — nur Hilda ging nicht. Sie entdeckte zu ihrem Schreck, daß der Zwanzig-Mark-Schein, den ihr die Großmutter geschickt hatte, aus ihrer Tasche verschwunden war.

„Stellt euch vor, zwanzig Mark!" jammerte Hilda. „Und ich wollte so viel damit kaufen. Wo in aller Welt kann das Geld nur sein?"

Jo lieh Hilda eine Mark, damit sie Jenni etwas schenken konnte. Jenni erhielt sehr viele Gaben, denn trotz ihrer Derbheit war sie recht beliebt. Sie freute sich sehr. Das schönste Geschenk bekam sie von Katrin, die ihr einen vergoldeten Reif mit eingraviertem Namen überreichte.

„Wirklich, das hättest du nicht tun sollen!" sagte Jenni überrascht. „Dieser Reif muß dich eine Menge Geld gekostet haben, Katrin. Ich kann ihn kaum annehmen."

„Aber du *mußt* ihn annehmen", sagte Katrin, „denn er trägt ja deinen Namen. Niemand anders kann etwas damit anfangen."

Alle bewunderten den schmalen goldenen Reif und lasen den innen eingravierten Namen. Katrin genoß die Aufmerksamkeit, die ihr Geschenk erregte, und als Jenni ihr dankte und den Arm um sie legte, wurde sie rot vor Freude.

„Das war wirklich großzügig von Katrin", sagte Jenni zu den Zwillingen, als sie zusammen zum Unterricht gingen. „Aber ich kann gar nicht verstehen, warum sie mich so beschenkte. Im allgemeinen ist sie nämlich schrecklich geizig. Entweder sie gibt überhaupt nichts oder sie schenkt etwas, das kaum einen Pfennig kostet."

Von ihren Eltern bekam Jenni ein wunderbares Geburtstagspaket geschickt. Mit großem Vergnügen packten es die Mädchen aus. „Genau das, was ich mag!" erklärte Jenni. „Ein großer Schokoladenkuchen! Butterkekse! Sardinen in Tomatensoße! Dosenmilch! Und schaut euch diese Sahnebonbons an! Die werden uns im Mund zerfließen!"

„Wir sollten ein Mitternachtsfest veranstalten", sagte Hanni plötzlich. „In unserer alten Schule hatten wir eins, und das war eine ganz herrliche Sache. Ich weiß auch nicht, warum das Essen mitten in der Nacht so gut schmeckt. O Jenni, wäre das nicht eine Bombenidee?"

„Solch ein Fest könnte schon ganz lustig sein!" sagte Jenni. „Aber die Vorräte reichen nicht für uns alle. Jedes Mädchen müßte noch irgend etwas beisteuern, einen Kuchen oder Getränke oder Schokolade. Wann wollen wir es denn machen?"

„Morgen nacht", sagte Nanni kichernd. „Ich habe nämlich gehört, daß Fräulein Roberts zu einem Konzert geht. Sie will die Nacht über bei einer Freundin bleiben und erst mit dem Frühzug zurückkehren."

„Gut! Morgen ist der richtige Zeitpunkt!" sagte Jenni. „Wir wollen es allen mitteilen."

Die ganze Klasse wurde in den Plan eingeweiht, und alle versprachen, etwas zum Festmahl beizutragen. Hanni kaufte eine gefüllte Biskuitrolle, Nanni brachte eine Tafel Schokolade, Jo stiftete Kerzen, denn die Mädchen durften das elektrische Licht nicht mehr anknipsen, sobald es einmal ausgedreht war. Der großzügigste Beitrag kam von Katrin. Sie brachte eine riesige Torte mit Mandelüberzug und rosa und gelben Zuckerrosen. Alle staunten.

„Meine Güte, Katrin! Hast du eine Erbschaft gemacht?" rief Jenni. „Diese Torte hat ein Vermögen gekostet!"

„Das ist die feinste Torte, die ich je gesehen habe", sagte Hilda.

Katrin wurde rot vor Freude. Sie strahlte und genoß die Begeisterung, die ihre Torte hervorrief.

„Wenn ich nur etwas Besseres hätte bringen können als meine armselige Tafel Schokolade", sagte Nanni. „Aber selbst dafür mußte ich noch Geld ausleihen."

„Und ich kann nur den Rest der Kekse beisteuern, die mir meine Mutter vor zwei Wochen geschickt hat", sagte Hilda. „Ich bin absolut pleite, seit ich meinen Zwanzig-Mark-Schein verloren habe."

„Immerhin haben wir eine Menge Sachen zusammenbekommen", meinte Jenni, die sich eifrig mühte, all die leckeren Dinge in einem Schrank im Flur zu verstauen. „Ich hoffe nur, daß die Hausmutter nicht plötzlich Großputz macht. Sie wäre sicher überrascht, wenn sie hier hereinschaute."

Die Mädchen waren alle aufgeregt. Ein Mitternachtsfest war schon eine ganz besondere Sache!

Fräulein Roberts konnte gar nicht begreifen, warum die Klasse so rastlos war. Mamsell spürte sofort die heimliche Erregung und wurde davon angesteckt.

„Aber, aber, mes petites, was ist denn heute nur los?" sagte sie, als ein Mädchen nach dem anderen in der Französischübersetzung steckenblieb. „Wo habt ihr nur eure Gedanken? Ihr plant etwas, nicht wahr? Verratet mir doch, was ihr vorhabt!"

„O Mamsell, wie kommen Sie nur auf diese Idee? Was sollten wir denn vorhaben?" rief Jenni.

„Woher soll ich das wissen?" sagte Mamsell. „Ich weiß

nur, daß ihr unaufmerksam seid. Wenn ihr jetzt noch einen Fehler macht, schicke ich euch eine Stunde früher ins Bett."

Natürlich meinte Mamsell das nicht ernst, aber mit ihrer spaßhaften Drohung erheiterte sie die Mädchen nur noch mehr, denn an dem Tag warteten sie alle sehnlichst auf den Abend. Jenni fing an zu kichern und wurde beinahe aus dem Zimmer geschickt.

Endlich war es Zeit zum Schlafengehen.

„Wer soll denn die Sachen aus dem Schrank holen?" fragte Hanni.

‚Du und ich und Hilda und Nanni", sagte Jenni. „Und laßt ja nichts fallen. Wenn nämlich die Fleischpastete aufs Linoleum fällt, haben wir eine ganz schöne Bescherung!"

Die Mädchen lachten und kuschelten sich unter die Steppdecken. Am liebsten wären sie wach geblieben, aber es wurde ausgemacht, daß man sich ablöste. Um Mitternacht sollten dann alle geweckt werden.

Alle Mädchen waren um Mitternacht fest eingeschlafen, mit Ausnahme von Hanni, die Wache hatte. Als die große Schuluhr zwölf schlug, kroch sie aus dem Bett. Sie rannte von Mädchen zu Mädchen, schüttelte sie und flüsterte: „Hilda! Es ist Zeit! Wach auf! Nanni! Es ist Mitternacht! Jo! Das Fest beginnt! Katrin, Katrin! Wach doch auf! Es ist zwölf Uhr!"

Jetzt waren alle Mädchen wach, und mit unterdrücktem Kichern zogen sie ihre Morgenröcke und Hausschuhe an.

Die ganze Schule war dunkel. Hanni zündete zwei Kerzen an. Nanni wurde in das Nebenzimmer geschickt, um den Rest der Klasse zu wecken. Lachend und schwatzend huschten die Mädchen herein. Sie setzten sich auf die Betten und warteten, während Hanni und ein paar andere die Leckereien aus dem Schrank holten.

Hanni nahm ihre Taschenlampe und leuchtete die Schubfächer aus. Die anderen Mädchen leerten den Schrank. Mit lautem Knall flog eine Büchse Milch auf den Fußboden.

Alle fuhren zusammen und standen mucksmäuschenstill. Sie horchten, aber kein Laut war zu hören, keine Tür öffnete sich, niemand knipste das Licht an.

„Du Schaf", sagte Jenni zu Nanni. „Laß bloß den Schokoladenkuchen nicht fallen. Wo ist denn diese Büchse nur hingerollt? Ah, da ist sie ja!"

Schließlich befanden sich alle Eßsachen sicher im Schlafsaal, und die Tür wurde leise geschlossen. Die Mädchen schauten die vielen Vorräte an und bekamen schrecklichen Appetit.

„Schaut nur! Fleischpastete und Schokoladenkuchen, Sardinen und Büchsenmilch, Schokolade und Pfefferminzbonbons. Ananasscheiben und Fruchtsaft!" sagte Jenni. „Wenn das kein Fest ist! Na, fangt schon an. Ich werde die Torte anschneiden!"

Etwas Wunderbares

Bald mampften alle Mädchen mit großem Appetit. Sie waren überzeugt, daß ihnen das Essen noch nie so gut geschmeckt hatte. Jenni holte einen Korkenzieher und öffnete eine Flasche mit Fruchtsaft. Die erste Flasche ließ sich mühelos aufmachen; Jenni füllte den Saft in Zahngläser. Aber bei der nächsten Flasche sprudelte die Flüssigkeit heraus und überschwemmte das Bett, auf dem Jenni saß. Alle kicherten, obwohl der Kork mit einem ungeheuren Druck an die Decke geflogen war.

„Regt euch nicht auf! Niemand wird darauf achten!" sagte Jenni. „Hier, Hanni, öffne die Sardinenbüchse! Irgendwo habe ich noch Brot und Butter. Jetzt können wir belegte Schnitten machen."

Brot und Butter wurden ausgepackt. Jedes Mädchen hatte

— diese Mitternachtsparty!

vom Nachmittagskaffee eine Scheibe Brot und ein Stück Butter mitgenommen und Jenni zum Aufbewahren gegeben.

„Versucht einmal das! Nehmt einen Bissen Sardinenschnitte, ein Stück Fleischpastete und dann einen Löffel Büchsenmilch", sagte Hanni. „Das schmeckt herrlich!"

Zufrieden saßen die Mädchen schließlich auf ihren Betten und kicherten bei den albernsten Scherzen.

„Das Allerfeinste war natürlich Katrins wunderbare Torte", meinte Hilda. „Der Mandelüberzug schmeckte einfach herrlich!"

„Ja, und ich hatte eine der Zuckerrosen", sagte Jo. „Köstlich! Wieviel hat dich denn die Torte gekostet, Kat? Auf jeden Fall warst du wirklich sehr großzügig!"

„Ganz und gar nicht", sagte Katrin. „Aber ich bin froh, daß sie euch geschmeckt hat."

Sie sah sehr glücklich aus. Und dabei hatte sie selber noch nicht einmal ein Stück von der wunderbaren Torte bekommen. Aber es hat ihr überhaupt nichts ausgemacht. Sie hatte zufrieden beobachtet, wie es den anderen schmeckte.

Dann wurde Doris bestürmt, ihren Clown-Tanz aufzuführen. Diesen Tanz hatte sie während der Ferien gelernt, und die Mädchen konnten sich daran nicht satt sehen. Doris war ein lustiges Persönchen, und sie brachte die anderen leicht zum Lachen. Der Clown-Tanz war sehr komisch; Doris stolperte dabei immer über ihre eigenen Füße und schien ständig zu fallen.

Sie wiegte den Körper hin und her, machte seltsame Verrenkungen, verwechselte die Beine und fiel schließlich, sich an Hanni klammernd, mit lautem Stöhnen zu Boden.

Hanni stürzte mit ihr und stieß dabei an den Tisch. Der wackelte heftig, und alle Sachen, die darauf standen, flogen auf den Fußboden: Bürsten, Kämme, Fotorahmen, Zahnbecher, eine Flasche — es war ein fürchterlicher Lärm.

Die Mädchen starrten sich erschrocken an. Was sollten sie nur tun?

„Schnell! Räumt alles weg und geht ins Bett!“ befahl Jenni. „Gleich werden eine Menge Lehrerinnen da sein!“

Die Mädchen aus dem Nebenraum stürmten sofort in ihr Zimmer. Die anderen machten rasch Ordnung, aber sehr bald schon hörten sie, daß draußen im Korridor das Licht angeknipst wurde.

„Ins Bett!“ zischte Hilda, und alle krochen unter die Steppdecken, zogen sie hoch bis zum Kinn und lagen lauschend da. Plötzlich erinnerte sich Hilda, daß noch zwei Flaschen mitten im Zimmer standen. Und außerdem hatten sie keine Zeit mehr gehabt, die Reste der Fleischpastete wegzufegen. Die Krümel waren über den ganzen Fußboden zerstreut.

Die Tür öffnete sich, und ein Schatten hob sich vom hellen Korridor ab. Hanni erkannte, wer es war — die alte Kenny! Was für ein Pech! Wenn sie etwas bemerkte, würde sie sicher die Klasse melden. Schließlich hatte man sie sehr geärgert. Aber vielleicht würde sie gar nicht das Licht anmachen!

Fräulein Kennedy stand lauschend da. Eines der Mädchen gab einen leisen Schnarchton von sich. Das war zuviel für Katrin. Sie kicherte unterdrückt. Fräulein Kennedy hörte es und knipste die Beleuchtung an.

Das erste, was sie erblickte, waren zwei Flaschen, die unübersehbar mitten im Zimmer standen. Dann bemerkte sie die Reste der Fleischpastete und das Schokoladenpapier, Sie erriet sofort, was die Mädchen gemacht hatten.

Ein kleines Lächeln breitete sich über ihr Gesicht. Sie erinnerte sich, wie sie selber an einem Mitternachtsfest teilgenommen hatte und wie traurig es endete, weil die Klasse geschnappt und streng bestraft worden war.

„Hilda, bist du wach?“ fragte Fräulein Kennedy.

Hilda wagte nicht, sich schlafend zu stellen. Sie antwortete deshalb mit träger Stimme: „Ach, Fräulein Kennedy! Ist etwas passiert?“

„Ich dachte, ich hätte aus diesem Schlafsaal ein Geräusch gehört“, sagte Fräulein Kennedy. „Da Fräulein Roberts nicht hier ist, habe ich heute die Aufsicht. Aber vielleicht habe ich mich getäuscht.“

Hilda setzte sich im Bett auf und sah sofort die Flaschen. Sie schaute Fräulein Kennedy an und sah ein Zwinkern in ihren Augen. „Vielleicht haben Sie sich wirklich getäuscht, Fräulein Kennedy“, sagte sie. „Vielleicht... vielleicht waren es Mäuse?“

„Möglich“, sagte Fräulein Kennedy. „Sicher waren es Mäuse. Nun, ich glaube nicht, daß ich Fräulein Roberts irgend etwas melden muß. Aber da du für den Schlafsaal verantwortlich bist, Hilda, solltest du dafür sorgen, daß der Raum ordentlich aussieht, wenn morgen früh die Hausmutter hereinkommt. Gute Nacht!“

Sie knipste das Licht aus, schloß die Tür und ging zurück in ihr Zimmer. Sofort setzten sich alle Mädchen im Bett auf und begannen zu flüstern.

„Kenny ist wirklich ein feiner Kerl!“

„Ganz sicher hat sie die Flaschen gesehen!“

„Und sie hat versprochen, nichts Fräulein Roberts zu melden!“

„Obwohl die gute Roberts in ihrer Art auch ein feiner Kerl ist“, sagte Doris.

„Ja, aber jetzt gerade sind wir bei ihr nicht gut angeschrieben, vergeßt das nicht, und eine solche Sache würde uns den Rest geben“, meinte Nanni. „Gute alte Kenny!“

Ein Handballspiel — und ein Rätsel

Die einzige schlimme Auswirkung des großen Mitternachtsfestes war ein Unwohlsein, das Nanni, Doris und Vera am nächsten Tag befiel. Fräulein Roberts schaute sie scharf an.

„Was habt ihr denn gegessen?“ fragte sie.

„Das gleiche wie die anderen“, antwortete Doris wahrheitsgemäß.

„Dann geht zur Hausmutter und laßt euch eine Arznei geben!“ sagte Fräulein Roberts. Mit düsteren Gesichtern gingen die drei Mädchen aus dem Zimmer. Die Hausmutter besaß ein paar sehr widerliche Heilsäfte, und die verabreichte sie äußerst freigiebig. Die Mädchen stöhnten, als sie auch noch den Löffel ablecken mußten.

Dann wurde es Jo und Katrin schlecht; auch sie wurden zur Hausmutter geschickt.

„Ich kenne diese Anzeichen“, sagte die Hausmutter. „Ihr leidet an der Mitternachtsfest-Krankheit! Ihr braucht mir nichts vorzumachen! Wenn ihr euch mitten in der Nacht an Fleischpasteten und Sardinen, an Schokolade und Fruchtsaft gütlich tut, so könnt ihr am nächsten Tag immer eine Dosis Medizin erwarten.“

Die Mädchen starrten sie erschrocken an. Woher wußte sie, daß ein Fest stattgefunden hatte?

„Wer hat es Ihnen gesagt?“ fragte Jo. Sie dachte, daß Fräulein Kennedy nun doch gepetzt hatte.

„Niemand“, sagte die Hausmutter und stöpselte den Kork auf die riesige Flasche. „Aber schließlich bin ich seit fünfundzwanzig Jahren Hausmutter in einer Mädchenschule, und da weiß man schon manches. Nun geht schon —

und starrt mich nicht so an! Ich werde euch nicht verpetzen. Außerdem sage ich immer, daß es unnötig ist, jemand wegen eines Mitternachtsfestes zu bestrafen. Die Folgen am nächsten Tag sind Strafe genug."

Die Mädchen verließen das Zimmer. Jo sah Katrin an. „Weißt du, gestern nacht war ich rein närrisch auf die Fleischpastete und auf die Sardinen", sagte sie trübselig, „doch wenn ich heute nur dran denke, wird mir übel."

Aber bald schon vergaßen alle ihr Bauchweh, und das Fest wurde zu einer Legende, von der die ganze Schule sprach. Sogar Linda Turm hörte davon und lachte, als man ihr erzählte, wie zum Schluß noch alle Sachen vom Tisch fielen.

Es war Katrin, die es Linda erzählte. Irgendwie war es seltsam, wie sie sich in den letzten Wochen verändert hatte. Aus dem schüchternen, unbeholfenen Mädchen war eine selbstsichere, glückliche, allseits beliebte Kameradin geworden.

In der gleichen Woche sollten Katrin und Nanni in einem wichtigen Handballspiel mitmachen. Nur sie beide waren ausgewählt worden, alle anderen Spielerinnen gehörten der nächsthöheren Klasse an. Zuerst hatte Hanni viel besser gespielt als ihre Schwester, aber bald schon war sie von Nanni übertrumpft worden. Es ging gegen die dritte Klasse einer nahegelegenen Tagesschule.

„Katrin ist Torhüterin", sagte Hanni zu Nanni. „Linda hat es ihr heute mitgeteilt. Findest du nicht auch, daß Katrin ganz anders geworden ist? Ich mag sie eigentlich jetzt recht gern."

„Ich auch", sagte Nanni. „Und außerdem ist sie so großzügig geworden. Gestern hat sie für Vera Gladiolen gekauft, und das sind doch so teure Blumen."

Vera war in der Krankenabteilung und erholte sich von einer schweren Erkältung. Sie war sehr überrascht und gerührt gewesen, als Katrin ihr sechs wunderschöne rosa

Gladiolen brachte. Diese Geste paßte so gar nicht zu Katrin, die immer als geizig gegolten hatte.

In der Woche vor dem Spiel übten sich Katrin und Nanni im Werfen und Fangen. Sie rannten mit dem Ball den Sportplatz entlang und ließen ihn von Hand zu Hand wandern.

„Wenn ich doch nur zwei oder drei Tore werfen könnte!“ sagte Nanni jeden Tag mindestens ein dutzendmal. Hilda lachte, und Nanni fragte sie nach dem Grund.

„Ich lache über dich!“ sagte Hilda. „Wer war noch vor ein paar Wochen viel zu vornehm für Handball? Du! — Wer erklärte, daß Handball ein idiotisches Spiel sei? Du! — Wer wollte nie diesen Sport ausüben? Du! — Darum lache ich. Jetzt muß ich nämlich dasitzen und mir anhören, wie du den ganzen Tag vom Handball schwärmst.“

Nanni lachte nun auch, aber sie wurde rot dabei. „Ich muß ein richtiger Dummkopf gewesen sein!“ sagte sie.

„Ihr wart schon zwei eingebildete Pinsel!“ sagte Jenni, die hinzugekommen war. „Die hochnäsigen Zwillinge! So haben wir euch damals genannt.“

„Wirklich?“ sagte Nanni beschämt. Sie nahm sich vor, am Samstag so gut zu spielen, daß ihre ganze Klasse stolz auf sie war.

Schließlich kam der Samstag heran. Es war ein wunderschöner Tag. Die ganze Klasse war aufgeregt. Die Mädchen der Tagesschule kamen schon zum Mittagessen. Es gab Bratwürste mit Kartoffelbrei und als Nachtisch Pudding mit Himbeersaft.

„Nanni und Katrin, eßt nicht zuviel!“ befahl Hilda. „Wir wollen, daß ihr heute in bester Form spielt. Ihr seid die einzigen aus unserer Klasse, die teilnehmen dürfen. Wir müssen die andere Schule fertigmachen. Gebt ihnen so viel zu essen, daß sie sich nicht mehr rühren können!“

„Darf ich keine zwei Bratwürste haben?“ fragte Nanni entsetzt.

„Heute nicht!" sagte Jenni entschieden. „Doch wenn wir gewinnen, lädt dich nachher die Klasse zu Kremtörtchen ein." Diese Aussicht heiterte Nanni auf.

Es war ein lustiges Essen. Die Gäste waren nett und fröhlich und lachten sehr, als man ihnen die Geschichte vom Mitternachtsfest erzählte.

„Solche Späße können wir nicht machen", sagte eine. „Wir müssen nach Schulschluß immer nach Hause gehen! Wie ist denn eure Handballmannschaft? Gut? Bis jetzt haben wir euch in jedem Spiel geschlagen."

„Und heute schlagen wir euch wieder!" sagte die Mannschaftsführerin, ein großes Mädchen mit rotem Haar.

„Kremtörtchen für dich, Katrin, wenn du ihre Tore hältst!" sagte Jenni, und alle lachten.

Die Spielerinnen nahmen ihre Plätze ein. Nanni war äußerst aufgeregt, Katrin dagegen stand ruhig und kühl in ihrem Tor. Dann begann der Kampf.

Die andere Mannschaft war sehr gut und besaß ausgezeichnete Läuferinnen. Sie hatte gleich den Ball in Besitz. Die Mädchen warfen ihn einander zu, sobald sie angegriffen wurden. Aber Nanni sprang zwischen sie und fing sich den Ball. Dann rannte sie den Sportplatz hinab. Eine gegnerische Spielerin stellte sich ihr in den Weg und versuchte, den Ball zu greifen. Aber Nanni warf ihn zielsicher einem Mädchen ihrer Mannschaft zu. Die Kameradin lief in Richtung Tor, und Nanni spurtete hinterher. Sie übernahm den Ball wieder, als ihre Mitspielerin angegriffen wurde.

Nanni verlor den Ball jedoch an eine sehr schnelle Spielerin der anderen Schule; diese rannte nun mit ihren Mannschaftskameradinnen dem Tor zu, das Katrin bewachte. Ein gefährlicher Wurf! Aber Katrin streckte die Arme weit aus und fing das Leder mit dem Körper ab.

„Gut gehalten, Katrin!" schrien alle Lindenhof-Schülerinnen, und Katrin wurde rot vor Freude.

Bei Halbzeit stand das Spiel drei zu eins für die gegnerische Mannschaft.

In der zweiten Halbzeit war das Spiel nicht mehr so schnell, denn die Mädchen waren müde. Aber die Erregung wuchs, als Lindenhof rasch hintereinander zwei Tore warf, von denen eins auf Nannis Konto ging.

Katrin hüpfte vergnügt vor ihrem Tor herum, als die Spielerinnen wieder in der gegnerischen Spielhälfte waren. Sie hatte schon sieben sehr gefährliche Würfe abgewehrt. Aber dann kamen die Spielerinnen wieder in ihre Nähe, und Katrin stellte sich abwehrbereit vor ihr Tor.

Eine der Gegnerinnen warf den Ball mit großer Wucht. Katrin versuchte ihn zu halten, aber er glitt an ihr vorbei ins Netz. Tor! Vier zu drei für die andere Mannschaft. Und es waren nur noch fünf Minuten zu spielen.

Dann erzielte Lindenhof ein völlig unerwartetes Tor, und der Spielstand war wieder ausgeglichen.

„Nur noch eineinhalb Minuten!" sagte Nanni zu einer Mitspielerin, als sie den Ball an sie weitergab. „Wir müssen unbedingt noch ein Tor werfen!"

Nanni ließ sich den Ball wieder zuwerfen und lief das Spielfeld hinunter. Das Tor lag nun fast genau vor ihr. Nanni hob den Arm und warf den Ball. Die Torhüterin stand zwar bereit, aber irgendwie fiel ihr der Ball aus den Händen und rollte ins Netz. In dem Augenblick pfiff der Schiedsrichter das Spiel ab. Die Lindenhof-Mädchen freuten sich unbändig. Hanni hüpfte herum wie eine Verrückte, Linda schrie, bis sie heiser war, und Hilda und Jenni klopften einander auf den Rücken.

„Nanni hat den Kampf gerade noch rechtzeitig entschieden!" schrie Hanni. „Kremtörtchen für Nanni!"

Verschwitzt und müde, aber trotzdem glücklich, rannten die Mädchen vom Spielfeld. Jenni holte ihren Geldbeutel. Sie wollte mit dem Fahrrad in die Stadt fahren und Kremtörtchen besorgen.

Aber ihr Geldbeutel enthielt nur ein paar Pfennige. Seltsam, dachte Jenni, denn sie wußte genau, daß sich heute morgen noch fünf Mark darin befanden, und sie hatte in der Zwischenzeit nichts gekauft.

„Mein Geld ist fort!“ schrie sie entsetzt. „Wo kann es nur hingekommen sein?“

„Komisch“, sagte Nanni. „Erst vor kurzem ist mein Geld verschwunden, dann hat Hilda Geld vermißt und jetzt ist deins fort!“

„Im Augenblick können wir nicht darüber sprechen“, sagte Jo. „Wir müssen uns um die anderen Mädchen kümmern. Nur schade, daß wir keine Kremtörtchen haben.“

„Ich werde sie kaufen!“ sagte Katrin. „Ich gebe dir das Geld, Jenni!“

„O nein“, erwiderte Jenni. „Wir wollten sie doch für dich und Nanni stiften, weil ihr so gut gespielt habt. Ihr könnt sie euch doch nicht selber kaufen.“

„Bitte, besorge sie!“ sagte Katrin und nahm ein paar Mark aus ihrem Geldbeutel. Bringe Törtchen für uns alle.“

„Das ist wirklich anständig von dir!“ sagte Jenni und nahm das Geld. „Vielen Dank.“ Sie radelte fort.

„Ihr habt wunderbar gespielt!“ sagte Linda Turm, die auf die Mädchen zukam. „Du hast ein paar gefährliche Würfe gehalten, Katrin. Und dir, Nanni, ist es zu verdanken, daß wir das Spiel nicht verloren haben. Übrigens haben alle gute Leistungen gezeigt.“

Die Mädchen freuten sich über das Lob. Schwatzend setzten sie sich an die Tische, und bald waren riesige Berge von Brot, Butter und Marmelade, von Rosinenplätzchen und Schokoladekuchen wie durch Zauberei verschwunden. Jenni kehrte nach ein paar Minuten mit einem großen Paket köstlich aussehender Kremtörtchen zurück. Sie wurde mit lautem Hallo empfangen.

„Vielen Dank, Katrin! Du bist ein feiner Kerl, Katrin!“ schrien die Mädchen, und Katrin strahlte vor Vergnügen.

„Diesen Tag habe ich genossen!“ sagte Nanni zu Hanni, nachdem sie sich von den Mädchen der anderen Schule verabschiedet hatten. „Jede Minute war herrlich!“

„Nicht jede“, sagte Hanni mit ernstem Gesicht. „Denk an Jennis Geld! Jemand hat es genommen. Und das ist eine sehr häßliche Sache. Wer kann es nur gewesen sein?“

Und auch die anderen Mädchen vermochten es nicht zu begreifen. Sie sprachen darüber und fragten sich, wer denn in der Nähe von Jennis Mantel gewesen war. Sie hatte ihn im Umkleideraum auf einen Haken gehängt, und fast alle Schülerinnen konnten an ihn herangekommen sein.

„Es ist Diebstahl, richtiggehender Diebstahl“, sagte Hilda. „Und es dauert schon einige Zeit an, denn ich kenne eine Reihe Mädchen, die Geld vermißt haben. Linda hat auch zehn Mark verloren. Sie hat sich schrecklich aufgeregt, hat sie aber nicht gefunden.“

„Könnte es eines der Hausmädchen sein?“ fragte Jo.

„Ich glaube nicht“, sagte Hilda. „Sie sind schon seit Jahren hier. Nun, wir müssen eben alle auf unser Geld aufpassen, und wenn wir den Dieb nicht finden, so werden wir es ihm zumindest schwer machen, einer zu sein.“

Ein Mädchen in Nöten

An einem der folgenden Nachmittage ließ Rita George, ein Mädchen der Oberklasse, Katrin zu sich kommen, um sich mit ihr über einen geplanten Ausflug zu unterhalten. Katrin bat Hanni, ihre Wolle für sie zu Ende zu wickeln, und rannte fort.

„Bin bald wieder da“, sagte sie und verschwand. Hanni rollte das Strickgarn zu großen Knäueln zusammen. Dann schaute sie auf die Uhr.

„Ich hoffe nur, daß Katrin bald zurückkommt", sagte sie. „Wir müssen in fünf Minuten zur Turnstunde. Vielleicht hat sie es vergessen, und wir sollten sie daran erinnern. Gehen wir, Nanni."

Die Zwillinge verließen den Raum und rannten zu Ritas Arbeitszimmer. Sie wollten nachschauen, ob Katrin noch dort war. Aber als sie vor der Tür anlangten, blieben sie entsetzt stehen.

Irgend jemand dort drinnen weinte und schluchzte. Jemand sagte: „Bitte, verzeih mir, bitte, sag keinem etwas, bitte, bitte!"

„Um Himmels willen, das ist doch nicht Katrin?" sagte Hanni erschrocken. „Was ist denn geschehen?"

Die Mädchen wagten nicht einzutreten. Während sie warteten, hörten sie lautes Schluchzen, mitleiderregendes, herzzerreißendes Schluchzen, und sie hörten Ritas tiefe Stimme, die im Augenblick sehr ernst klang. Sie konnten aber nicht verstehen, was sie sagte. Dann öffnete sich die Tür, und Katrin kam heraus. Ihre Augen waren rot und ihre Wangen tränenüberströmt. Heulend rannte sie an den Zwillingen vorbei.

Hanni und Nanni starrten ihr nach, wie sie die Treppen zum Schlafsaal emporstieg. „Sie hat die Turnstunde vergessen", sagte Hanni. „Aber ich möchte ihr nicht nachgehen. Gewiß will sie nicht, daß man sie weinen sieht."

„Wir sollten sie trösten", sagte Nanni. „Wir werden zwar zu spät zur Turnstunde kommen, aber es ist so schrecklich, jemand in Not zu sehen und nicht zu helfen."

Katrin lag auf ihrem Bett und hatte das Gesicht ins Kissen vergraben. Sie schluchzte.

„Katrin, was ist denn nur passiert?" fragte Nanni und legte ihr die Hand auf die Schulter. Aber Katrin schüttelte sie ab.

„Geht fort", sagte sie, „geht fort. Spioniert mir doch nicht dauernd nach!"

„Wir spionieren dir nicht nach“, sagte Hanni sanft. „Was ist denn passiert? Sag es uns, wir sind doch deine Freundinnen!“

„Ihr seid es nicht mehr, wenn ich es euch erzähle“, schluchzte Katrin. „Geht doch fort! Ich werde meine Sachen packen und Lindenhof verlassen. Ich gehe noch heute abend.“

„Unsinn! Du mußt uns sagen, was geschehen ist!“ sagte Nanni. „Hat dich Rita wegen etwas getadelt? Mach dir doch deshalb keine Sorgen!“

„Ich mache mir keine Sorgen wegen des Tadelns, sondern wegen der Sache, für die ich getadelt worden bin“, sagte Katrin. Sie setzte sich auf und schaute die Zwillinge an. Ihre Augen waren rot und geschwollen. „Ich werde es euch sagen — und dann könnt ihr es der ganzen Schule erzählen, wenn ihr wollt —, und alle können lachen und über mich herziehen, aber ich werde zu der Zeit nicht mehr hier sein.“

Wieder begann sie zu weinen. Hanni und Nanni waren sehr erregt. Nanni legte ihren Arm um das schluchzende Mädchen. „Schon gut“, sagte sie. „Sag es uns. Wir werden dich nicht im Stich lassen, ich verspreche es dir.“

„Vielleicht glaubt ihr es zuerst gar nicht“, schluchzte Katrin. „Ich kann es selber kaum begreifen. Ich bin — ich bin — ich bin ein Dieb.“

„Wieso? Wie meinst du das?“ fragte Hanni bestürzt. Katrin schaute sie trotzig an. Mit zitternder Hand wischte sie sich die Augen ab.

„Ich hab das ganze Geld genommen, das verschwunden ist“, sagte sie. „Jeden Pfennig — sogar deine zwei Mark, Nanni. Ich konnte es einfach nicht ertragen, niemals Geld zu haben. Ich wollte doch so gern großzügig sein.“

Die Zwillinge starrten Katrin überrascht und gleichzeitig entsetzt an. Sie konnten es kaum glauben.

„Ich habe nicht, wie ihr, eine Mutter, die mir Geld schickt“, schluchzte Katrin. „Mein Vater lebt weit fort im Ausland. Hier habe ich nur eine geizige alte Tante, die mir Taschengeld gibt. Und das ist so wenig! Und dann fand ich eines Tages eine Markt und kaufte dafür irgend etwas für irgend jemand — und das Mädchen freute sich so sehr — und ich war so glücklich. Ihr könnt euch gar nicht vorstellen, wie schrecklich es ist, großzügig zu sein und für geizig gehalten zu werden."

„Arme Katrin", sagte Nanni und strich ihr über das Haar. „Wir alle hätten dich unterstützt, wenn du es nur gesagt hättest."

„Nein, gerade dafür war ich zu stolz", sagte Katrin, „aber zum Stehlen war ich nie zu stolz. Ich kann gar nicht begreifen, wie ich das nur tun konnte. Ich nahm Jennis Geld und Hildas Geld und Lindas Geld. Es ging alles so einfach. Und heute nachmittag habe ich . . .

Da begann sie so bitterlich zu weinen, daß die Zwillinge ganz erschrocken waren. „Erzähle es uns nicht, wenn es dir zu schwer fällt", sagte Hanni.

„Jetzt habe ich angefangen, jetzt werde ich euch alles sagen", erklärte Katrin. „Es hilft so sehr, sich aussprechen zu können. Nun, heute nachmittag wurde ich zu Rita gerufen. Sie war nicht in ihrem Zimmer — aber ihr Mantel hing an der Garderobe. In einer Tasche sah ich ihre Börse. Ich ging hin, nahm sie — und in diesem Augenblick kam Rita herein. Und nun geht sie sicher zu Fräulein Theobald und meldet alles. Die ganze Schule wird erfahren, daß ich eine Diebin bin, und dann werfen sie mich hinaus und dann . . ." Wieder begann sie zu weinen. Die Zwillinge schauten sich hilflos an. Sie erinnerten sich an Katrins plötzliche Großzügigkeit, an ihre Geschenke, an die wunderbare Torte mit den Zuckerrosen, an die schönen Gladiolen für Vera, und sie erinnerten sich auch an Katrins gerötete Wangen und an ihre vor Freude glänzenden Augen.

„Jetzt wasche deine Tränen ab und komm mit zur Turnstunde", sagte schließlich Hanni.

„Ich gehe nicht zur Turnstunde", sagte Katrin trotzig. „Ich werde hierbleiben und packen. Ich will niemand sehen. — Bitte geht jetzt und laßt mich allein." Die Zwillinge verließen sie. Auf dem halben Weg zur Turnhalle blieb Nanni plötzlich stehen und packte Hannis Arm.

„Hanni! Wir sollten vielleicht zu Rita gehen und ein gutes Wort für Katrin einlegen."

„Das ist ein guter Gedanke", sagte Hanni. Und die beiden Mädchen gingen zu Ritas Zimmer. Aber es war leer. „Wahrscheinlich ist sie schon zu Fräulein Theobald gegangen", meinte Hanni.

„Wir wollen nachschauen", sagte Nanni. So rannten die Zwillinge zum Zimmer der Direktorin. Und wirklich, durch die Tür kam ein sehr grimmig aussehendes Mädchen. Es war Rita.

„Was macht ihr denn hier?" fragte sie und schritt, ohne eine Antwort abzuwarten, an den Zwillingen vorbei. Hanni schaute Nanni an.

„Sie hat es Fräulein Theobald gemeldet", sagte Nanni. „Sollen wir hineingehen und mit der Direktorin sprechen? Ich glaube nicht, daß Katrin eine ganz gewöhnliche Diebin ist, aber wenn sie einmal als Diebin gezeichnet ist, dann kann sie vielleicht eine werden. Das könnte ihr ganzes Leben zerstören. Komm, laß uns hineingehen!"

Die Zwillinge klopften an. Die Direktorin rief „Herein." Sie sah überrascht aus, als sie die beiden Mädchen sah.

„Nun, Zwillinge", sagte sie, „was ist denn passiert? Ihr seht so ernst aus."

Hanni wußte erst nicht, wie sie beginnen sollte. Aber dann kamen die Worte pie ein Sturzbach aus ihr, und sie berichtet ausführlich, wie und warum Katrin all das Geld gestohlen hatte.

„Sie hat nicht einen Pfennig für sich verbraucht", sagte Hanni. „Sie tat es nur für uns. Natürlich nahm sie unser Geld, aber wir haben es in Geschenken wieder zurückbekommen. Katrin ist keine gewöhnliche Diebin. Und jetzt ist sie so schrecklich niedergeschlagen. Fräulein Theobald, könnten Sie nicht etwas für sie tun — sie nicht wegschicken — sie nicht dem Geschwätz der Schule preisgeben? Ich bin ganz sicher, daß Katrin versuchen wird, jeden Pfennig zurückzuzahlen, und Nanni und ich würden ihr helfen, nie wieder in eine solche Lage zu geraten!"

„Sehen Sie, Katrin hat kaum Taschengeld bekommen, und sie war zu stolz, es zu sagen. Und sie konnte es nicht ertragen, daß man sie für geizig und selbstsüchtig hielt, wo sie doch in Wirklichkeit so gern großzügig sein möchte", sagte Nanni.

Fräulein Theobald lächelte die Zwillinge sehr freundlich an. „Ihr erzählt mir eine ganz andere Geschichte als Rita", sagte sie, „und ich bin so froh darüber. Rita betrachtet Katrin natürlich als richtige Diebin. Ihr seht sie als das, was sie ist: als armes, verwirrtes Kind, das gern großzügig sein möchte und zu diesem Zweck einen einfachen, aber sehr schlechten Weg gewählt hat. Sicher hätte mir Katrin keine Erklärung gegeben, und vielleicht hätte ich ihre Tante gebeten, sie von der Schule zu nehmen. Und was wäre wohl dann aus ihr geworden?"

„Fräulein Theobald, wollen Sie Katrin wirklich hierbehalten?" fragte Hanni.

„Natürlich", sagte die Direktorin. „Aber ich muß zuerst noch mit ihr reden, und sie muß mir all dies selbst erzählen. Macht euch nur keine Sorgen. Wo ist sie übrigens jetzt?"

„Im Schlafsaal", sagte Hanni, „sie packt ihre Sachen."

Fräulein Theobald stand auf. „Ich werde zu ihr gehen", sagte sie. „Und ihr geht zu eurem Unterricht. Ich spreche auch mit Rita, daß sie die Geschichte nicht überall herumerzählt. Doch eins möchte ich euch noch sagen, ich bin stolz auf euch beide! Ihr seid freundlich und verständnisvoll, und das sind zwei sehr wichtige Charaktereigenschaften."

Die Zwillinge wurden rot vor Überraschung und Freude. Sie hielten der Direktorin die Tür auf und folgten ihr aus dem Zimmer.

„Ist sie nicht ein feiner Kerl?" sagte Hanni. „Ich glaube, daß sich Katrin nun nicht mehr zu sorgen braucht."

Die Zwillinge eilten zur Turnhalle. Die ganze Zeit überlegten sie, wie es Katrin wohl bei Fräulein Theobald ergangen war. Sie erfuhren es nach dem Nachmittagskaffee, als Katrin auf sie zukam. Sie hatte zwar noch immer rotverweinte Augen, aber ihr Gesicht sah viel glücklicher aus.

„Ich gehe nicht", sagte sie. „Ich werde hierbleiben und Fräulein Theobald beweisen, daß ich ein anständiger Mensch bin. Fräulein Theobald will meiner Tante schreiben und um ein angemessenes Taschengeld für mich bitten. Und dann werde ich all das Geld, das ich genommen habe, zurückzahlen und einen ganz neuen Anfang machen. Wenn ich eine Zeitlang nicht so großzügig sein kann, wie ich es gern wäre, so will ich geduldig abwarten, bis ich es mir leisten kann."

„Und du brauchst dich auch nicht zu schämen, wenn du einmal kein Geld hast, um Geschenke zu kaufen", sagte Hanni. „Niemand wird es dir übelnehmen. Das ist nur dummer Stolz. Katrin, ich freue mich so, daß du nicht weggehst. Nanni und ich mögen dich nämlich sehr."

„Ihr seid wirkliche Freunde", sagte Katrin und drückte den Zwillingen die Hand. „Ich hoffe, daß ich es euch einmal vergelten kann. Ihr werdet mir doch wieder vertrauen, nicht wahr? Es ist so schrecklich, wenn man kein Vertrauen mehr besitzt. Ich könnte das nicht ertragen."

„Natürlich vertrauen wir dir", sagte Hanni.

Noch einmal Fräulein Kennedy

Mit der Zeit lebten sich die Zwillinge wirklich gut in Lindenhof ein. Sie gewöhnten sich daran, zu den Jüngsten zu gehören und keine Sonderrechte zu genießen. Längst wurden sie nicht mehr „die hochnäsigen Zwillinge" genannt. Durch Mamsells Nachhilfestunden hatte sich ihr Französisch sehr verbessert, und sie konnten nun ohne Mühe dem Unterricht folgen. Fräulein Roberts hielt sie beide für recht begabt und fand gelegentlich ein Wort des Lobes, das ihnen sehr viel bedeutete. Katrin wurde ihre beste Freundin. Sie war wirklich ein sehr großzügiges Mädchen. Obwohl sie nun kein Geld mehr für Geschenke hatte, zeigte sie ihren guten Willen auf andere Art — sie besserte Hannis Strümpfe aus, sie setzte Mamsells zerbrochene Vase zusammen und sie verbrachte fast ihre gesamte Freizeit bei Doris und Hilda, als beide mit Grippe zu Bett lagen.

Fräulein Kennedy hatte es nun ein wenig leichter. Seit sie sich beim Mitternachtsfest so großzügig verhalten hatte, benahm sich die Klasse gesitteter. Die anderen Jahrgänge dagegen bereiteten der Lehrerin noch immer große Schwierigkeiten. Die dritte Klasse hatte zum Beispiel herausgefunden, daß sich Fräulein Kennedy vor Katzen fürchtete. Es war erstaunlich, wie viele Katzen daraufhin im Unterricht auftauchten.

Die Schülerinnen fingen jede Katze, die sie sahen, und verbargen sie irgendwo im Klassenzimmer, meist in einem großen Schrank.

An einem Vormittag fühlte sich Fräulein Roberts nicht wohl. Sie spürte, daß sie die Grippe bekam und legte sich gleich zu Bett, um sich schnell zu kurieren. Aus diesem Grund mußte das arme Fräulein Kennedy zwei Klassen gleichzeitig betreuen.

Die Zwillinge und ihre Mitschülerinnen mußten in das größere Zimmer der dritten Klasse übersiedeln. Zur riesigen Überraschung der zweiten Klasse wurde eine große schwarze Katze ins Zimmer gebracht.

Die Katze war sehr freundlich. Sie machte einen Buckel, schnurrte und stellte ihren Schwanz steil in die Höhe.

„Was soll denn die Katze hier?“ fragte Hanni. „Gehört die zu eurer Klasse?“

„Haha, was für ein Witz!“ sagte Pam und streichelte die Katze. „Wir wollen nur der alten Kenny eine feine Überraschung bereiten. Wißt ihr denn nicht, daß sie vor Katzen Angst hat? Wir schließen das gute Schwarzfell da drüben in unseren Handarbeitsschrank, und bei einer passenden Gelegenheit macht Tessie die Tür auf. Dann wird Schwarzfell gemächlich herausmarschieren und direkt auf die gute Kenny losgehen. Wartet nur ab.“

Die zweite Klasse begann zu kichern. Das war eine wunderbare Sache, fast noch aufregender als Knallfrösche.

Die Katze wurde eingesperrt und die Tür fest zugemacht. Katrin, eine leidenschaftliche Tierfreundin, erhob Einspruch.

„Bekommt denn die Katze auch genügend Luft? Sollten wir nicht besser . . .“

„Halt den Mund“, zischte Tessie, und in diesem Augenblick betrat Fräulein Kennedy schon das Zimmer. Sie war sehr nervös, denn sie betreute nicht gern zwei Klassen zur gleichen Zeit. Auch fühlte sie, daß irgend etwas in der Luft lag. Das unterdrückte Kichern gefiel ihr gar nicht.

Tessie sollte die Katze etwa in der Mitte der Geschichtsstunde aus dem Schrank lassen, aber die Katze machte ihr einen Strich durch die Rechnung. Sie hatte sich nämlich in den Bast verwickelt, den die Mädchen zum Körbeflechten verwendeten, und konnte ihn nicht mehr von den Hinterbeinen abschütteln. Sie stand auf und drehte sich im Kreise, aber je länger sie sich drehte, um so mehr verstrickte sie sich, und schließlich bekam sie Angst. Sie rannte im Schrank hin und her und verursachte dadurch allerlei Geräusche. Zuerst konnte sich Fräulein Kennedy nicht erklären, woher der Lärm kam. Die Mädchen versuchten, nicht zu lachen. Die Katze wurde immer wütender. Sie sprang in die Höhe und kratzte an die Tür.

„Was befindet sich in diesem Schrank?" fragte Fräulein Kennedy schließlich.

„Die Handarbeitssachen", antwortete Tessie.

„Das weiß ich", erwiderte Fräulein Kennedy ungeduldig. „Aber Handarbeiten machen keinen Lärm. Woher können diese Geräusche nur kommen? Vielleicht Mäuse?"

Natürlich waren es keine Mäuse. Es war nur die arme Katze, die völlig toll wurde. Sie rannte wie verrückt in dem Schrank umher und suchte sich von den Bastfäden zu befreien. Die beiden Klassen begannen zu kichern.

„Nun ist es aber genug", sagte Fräulein Kennedy böse. Sie ging zum Handarbeitsschrank und riß die Tür auf. Die verängstigte Katze fauchte und sprang mit einem gewaltigen Satz ins Freie. Dabei riß sie ein ganzes Bündel Bast mit heraus. Als Fräulein Kennedy das große schwarze Tier sah, stieß sie einen Schrei des Entsetzens aus und stürzte zur Tür. Die Katze rannte ihr nach, weil sie glaubte, man wolle sie hinauslassen. Sie rieb ihren Kopf an Fräulein Kennedys Knöcheln, und die arme Lehrerin erbleichte vor Schreck, denn sie fürchtete sich vor Katzen.

Das Schwarzfell und Fräulein Kennedy rannten aus dem Raum, entflohen aber in entgegengesetzen Richtungen. Die Mädchen schüttelten sich vor Lachen.

Fräulein Kennedy kam nicht zurück. Sie saß in einem der leeren Arbeitszimmer und trank ein Glas Wasser. Sie sah sehr blaß aus.

Ich kann keine Disziplin halten, dachte sie und setzte das Glas auf den Tisch. Es ging alles sehr gut, als ich ein oder zwei Mädchen Privatstunden gab, aber diese Stellung hier übersteigt meine Kräfte. Und doch kann ich das Geld so gut brauchen, jetzt, wo meine Schwester krank ist. Trotzdem bleibt mir nichts anderes übrig, als zu kündigen. Ich schaffe es einfach nicht!

Fräulein Kennedy beschloß, in die Stadt zu gehen und sich mit ihrer Freundin zu verabreden. Sie wollte einmal über die ganze Angelegenheit sprechen. Noch am gleichen Nachmittag trafen sie sich.

Die beiden Lehrerinnen setzten sich in ein kleines Café. Zufällig befanden sich dort auch Katrin und die Zwillinge, die sich bei Kaffee und Kuchen einen schönen Nachmittag machten. Das Café war in kleine Nischen unterteilt, und die drei Mädchen saßen bereits an einem der runden Tischchen, als Fräulein Kennedy mit Fräulein Roper hereinkam.

Sie wählten die angrenzende Nische. Die Mädchen sahen die Lehrerinnen nicht, aber sie hörten ihre Stimmen.

„Hört! Nebenan sitzt die alte Kenny! Ich wette, daß sie über die schwarze Katze spricht“, kicherte Katrin. Und wie sie vermutet hatten, begann Fräulein Kennedy von den Geschehnissen des Morgens zu berichten.

Aber sie sprach noch von etwas anderem — von ihrer kranken Schwester, von dem Geld, das ihr die Stellung eintrug und das sie so gut brauchen konnte. Traurigkeit schwang in ihrer Stimme, als sie ihr Versagen eingestand.

„Ich bin eine Betrügerin“, sagte sie zu ihrer Freundin. „Ich bekomme Geld, um Kinder zu unterrichten, und niemand lernt etwas, da ich keine Disziplin halten kann. Die ganze Zeit vergeht mit dummen Scherzen. Soll ich das der Direktorin sagen? Was soll ich nur machen? Die Geschichtslehrerin ist immer noch krank und kann nicht vor Ende dieses Schuljahres zurückkommen, doch ich weiß nicht, wie ich sie bis dahin mit gutem Gewissen vertreten kann.“

„Aber du brauchst so nötig Geld, um deine Schwester zu unterstützen“, sagte Fräulein Roper.

Die drei Mädchen hörten sprachlos zu. Sie waren über ihre eigene Handlungsweise entsetzt. Was sie nur für einen albernen Streich hielten, bedeutete für einen anderen Menschen etwas sehr Schlimmes.

„Gehen wir“, flüsterte Hanni.

Ohne von Fräulein Kennedy gesehen zu werden, schlichen sie aus dem Café und gingen zurück zur Schule. Alle drei hatten ein schlechtes Gewissen. Sie wollten nicht, daß Fräulein Kennedy ihre Stellung aufgab. Sie war zwar in mancher Beziehung ein wenig einfältig, aber sie war gutherzig und ein feiner Kerl. Sie, die Mädchen dagegen, waren wirkliche Scheusale.

„Ich komme mir richtig gemein vor“, sagte Katrin, als sie wieder im Gemeinschaftsraum saßen. „Ich kann mich überhaupt nicht mehr leiden. Heute morgen hat mir der Spaß gefallen, aber wenn ein Spaß einen anderen Menschen richtiggehend unglücklich macht, dann ist es kein Spaß mehr.“

„Wir müssen verhindern, daß Fräulein Kennedy kündigt“, sagte Hanni plötzlich. „Wir müssen irgend etwas unternehmen. Wißt ihr keinen Ausweg?“

Nanni schaute auf. „Eigentlich können wir nur eins tun“, sagte sie. „Wir müssen sie für unsere und auch für die dritte Klasse in einem Brief um Verzeihung bitten und ihr versichern, daß wir sie nicht mehr ärgern. Und so müssen wir uns dann auch verhalten.“

„Das ist eine gute Idee“, sagte Hanni. „Du, Katrin, gehst in die dritte Klasse — sie haben gerade eine Versammlung — und erzählst ihnen kurz, was wir gehört haben. Ich werde inzwischen den Brief schreiben, und dann können wir ihn alle unterzeichnen.“

Katrin rannte davon. Hanni setzte zusammen mit Nanni einen Entschuldigungsbrief auf:

Liebes Fräulein Kennedy,
wir schämen uns sehr über unser heutiges Verhalten und bitten Sie, uns zu verzeihen. Bitte seien Sie uns nicht mehr böse. Wir versprechen auch, Sie niemals mehr zu foppen, sondern uns anständig zu betragen und hart zu arbeiten. Sie haben sehr großzügig gehandelt, uns wegen dem Sie-wissen-schon-was nicht zu melden.

Hochachtungsvoll

Und alle Mädchen sollten ihren Namen hinschreiben.

Die dritte Klasse kam ins Zimmer, um den Brief zu unterzeichnen.

„Was bedeutet denn ‚Sie-wissen-schon-was'?" fragte Tessie neugierig.

„Das ist unser großes Mitternachtsfest", antwortete Hanni. „Sie hat sich damals sehr fein benommen und uns nicht verpetzt. Nun, habt ihr alle unterschrieben?"

Alle Mädchen waren recht beschämt, als Katrin erzählte, was Fräulein Kennedy ihrer Freundin gebeichtet hatte.

Fräulein Kennedy ging nicht zur Direktorin. Als sie am Abend zurückkam, fand sie einen Brief auf ihren Tisch. Sie öffnete ihn, und als sie ihn las, kamen ihr Tränen in die Augen.

Am nächsten Morgen dankte sie beiden Klassen und versicherte ihnen, daß sie nichts übelnehmen würde. Und zum erstenmal in diesem Schuljahr verliefen ihre Unterrichtsstunden reibungslos.

Kenny war glücklich. Und da sie jetzt nicht mehr dauernd um Ruhe bitten mußte, unterrichtete sie gut.

„Ich bin froh, daß wir uns anständig betragen haben", sagte Hanni eines Tages nach dem Geschichtsunterricht. „Ich habe die alte Kenny gefragt, wie es ihrer Schwester geht, und sie hat gesagt, sie fühle sich schon viel besser und käme morgen aus dem Krankenhaus. Wäre es nicht schrecklich gewesen, wenn sie durch unser Verschulden gestorben wäre?"

Ein zerbrochenes Fenster — und eine ungerechte Strafe

Eines Morgens kam Hilda sehr aufgeregt in den Gemeinschaftsraum. „Wißt ihr, daß der Zirkus kommt?" fragte sie. „Ich habe die Ankündigung gesehen. Er stellt ganz in der Nähe sein Zelt auf."

„Hoffentlich dürfen wir alle hingehen", sagte Hanni, die eine begeisterte Zirkusbesucherin war.

„Es ist der Zirkus Galliano", erklärte Hilda und zog einen Zettel aus ihrer Manteltasche. „Schaut, was es alles gibt: Clowns, Akrobaten, tanzende Pferde, schauspielernde Hunde, alles, was man sich nur denken kann. Wir müssen Fräulein Theobald bitten, uns hingehen zu lassen."

Die Direktorin erlaubte es. Jeden Abend sollten zwei Klassen mit ihren Lehrerinnen den Zirkus besuchen. Aber schon am Mittag rannten Hanni, Nanni, Katrin und Jenni in die Stadt, um die riesigen Reklamewände anzuschauen.

Anschließend gingen die Mädchen zu dem großen Zelt, das auf einem Feld vor der Stadt aufgebaut war. Sie lehnten sich über den Zaun und beobachteten die schlanken eleganten Pferde, die im Kreis herumgaloppierten; sie bewunderten die fünf schwerfällig aussehenden Bären, die gemächlich mit ihrem Dresseur über den Platz trotteten; und voll Staunen betrachteten sie einen großen, mit Hose und Pullover bekleideten Schimpansen, der an der Hand eines kleinen Jungen auf sie zukam. Ein grauweißer Terrier folgte den beiden auf dem Fuß.

„Schaut nur diesen riesigen Affen an!" schrie Nanni.

„Sammy ist kein Affe, er ist ein Schimpanse", sagte der Junge lächelnd.

„Gib Händchen, Sammy!"

Der Schimpanse hielt den Mädchen feierlich seine Hand hin. Nanni und Katrin hatten Angst, sie zu ergreifen, nur Hanni fürchtete sich nicht. Sie streckte ihm ihre kleine Hand entgegen, Sammy packte sie und schüttelte sie.

„Kommt ihr zu einer Vorstellung?“ fragte der Junge.

„Ich denke schon“, erwiderte Hanni. „Gehörst du auch zum Zirkus? Was machst du denn?“

„Ich bin Jimmy Brown, und ich habe eine Nummer mit meinem berühmten Hund Lucky. Das ist übrigens Lucky“, sagte er und wies auf einen kleinen Terrier. „Er kann buchstabieren und zählen.“

„Nein, Hunde können das nicht“, sagte Nanni.

Jimmy lachte. „Meiner kann es. Ihr werdet es erleben, wenn ihr kommt. Schaut, das Mädchen da drüben auf dem schwarzen Pferd, das ist Lotta. Sie kann das wildeste Pferd bändigen.“

Die Mädchen starrten Lotta an. Sie galoppierte auf einem wunderschönen Rappen über das Feld. Als sie in die Nähe der Mädchen kam, stellte sie sich auf und winkte ihnen im Vorbeireiten zu.

„Ist sie nicht großartig?“ sagte Hanni. „Wenn ich doch auch so reiten könnte! Fällt sie nie herunter?“

„Natürlich nicht“, sagte Jimmy. „Nun muß ich aber gehen. Komm, Sammy. Wenn ihr zur Vorstellung kommt, werden wir nach euch Ausschau halten.“

Die Mädchen kehrten zur Schule zurück. Voll Ungeduld warteten sie auf den Abend, an dem sie mit ihrer Klasse den Zirkus besuchen sollten.

„Jeden Abend gibt es zwei Vorstellungen“, sagte Hanni. „Eine um halb sieben und die zweite um neun Uhr. Wenn wir doch nur zur letzten Vorstellung gehen könnten, es wäre herrlich, bis elf Uhr aufzubleiben.“

„Das wird uns Fräulein Theobald nie erlauben.“

Am nächsten Morgen erlebten die Mädchen eine unangenehme Überraschung. Als sie in ihr Klassenzimmer kamen, entdeckten sie, daß die große Glasscheibe des mittleren Fensters völlig zerschmettert war. Fräulein Roberts saß an ihrem Pult und sah sie streng an.

„Meine Güte, wie ist denn das nur gekommen?“ rief Jenni überrascht.

„Das ist genau das, was ich gern wissen möchte“, sagte Fräulein Roberts. „Als ich im Lehrerzimmer war, hörte ich ein Krachen. Ich ging schnell auf den Flur hinaus und hörte nur noch jemand wegrennen. Als ich den Raum betrat, sah ich das zerbrochene Fenster.“

„Wer hat es denn zerbrochen?“ fragte Hanni.

„Ich weiß es nicht“, sagte Fräulein Roberts. „Aber ich weiß, wodurch es zerbrach.“

Sie zeigten den Mädchen einen harten Gummiball. „Ich fand ihn auf dem Fußboden, als ich hereinkam. Jemand muß hier im Zimmer damit gespielt haben. Und das ist verboten, das wißt ihr doch!“

Schweigend saßen die Mädchen da. Alle fühlten sich ein wenig schuldbewußt, als Fräulein Roberts sagte, es sei nicht erlaubt, im Schulgebäude Ball zu spielen. Da war nämlich eine Vorschrift, die von niemand sehr beachtet wurde.

„Jetzt verlange ich“, sagte Fräulein Roberts, „daß sich die Schuldige meldet. Wenn sie jetzt nicht den Mut dazu hat, kann sie später in der Pause mit mir sprechen. Natürlich wäre es richtiger gewesen, wenn sich das betreffende Mädchen sofort gemeldet hätte, aber ich kann verstehen, daß sie Angst bekam und davonlief.“

Niemand redete. Alle Mädchen saßen stumm auf ihren Plätzen. Sie wagten nicht, einander anzusehen. Fräulein Roberts blickte sie durchdringend an, um die Schuldige herauszufinden.

Aber da viele Mädchen vor lauter Aufregung rot geworden waren, half ihr das nicht.

„Nun“, sagte Fräulein Roberts schließlich, „es sieht so aus, als ob sich die Schuldige nicht melden will. Ich erwarte sie jetzt in der Pause. Ich weiß, daß ihr Mädchen Ehrgefühl habt und keine Feiglinge seid. Deshalb bin ich überzeugt, daß die Betreffende den Mut hat, zu mir zu kommen. Ich werde mich allein im Lehrerzimmer aufhalten."

Noch immer sprach niemand. Die Mädchen schauten sich in der Klasse um, und alle schienen sich zu fragen, wer wohl die Schuldige war. Hanni und Nanni lächelten sich zu. Sie waren seit dem Frühstück zusammen und wußten daher, daß keine von ihnen das Fenster zerbrochen hatte.

Die erste Unterrichtsstunde begann. Es war Mathematik. Fräulein Roberts war schlechter Laune, und niemand wagte, unaufmerksam zu sein. Dunkle und helle Haarschöpfe waren eifrig über die Hefte gebeugt, und sobald die Lehrerin eine Anweisung gab, wurde sie sofort widerspruchslos ausgeführt.

Nach Mathematik kam Französisch. Mamsell trat ins Zimmer.

„Tiens! Das Fenster ist entzwei! Wie ist denn das passiert?"

„Wir wissen es nicht, Mamsell", sagte Hilda. „Niemand hat sich bis jetzt gemeldet."

„Das ist fürchterlich", schrie Mamsell und betrachtete die Mädchen mit ihren großen dunklen Augen. „Das ist nicht tapfer."

Die Klasse blieb stumm. Alle Mädchen sahen betreten aus, sie mochten keinen Feigling unter sich haben. Aber vielleicht meldete sich die Schuldige in der Pause. Wer konnte es nur gewesen sein? Hanni und Nanni dachten angestrengt nach. Jenni oder Hilda waren es bestimmt nicht, beide besaßen Mut und hätten ein Mißgeschick sofort eingestanden. Und Katrin war zur Zeit des Unglücks bei ihnen gewesen. Vera könnte die Schuldige sein — oder Suse oder Jo oder Doris. Die Zwillinge schüttelten die Köpfe. Nein, es war sicher keine von ihnen. Schließlich hatten sie sich noch nie feige gezeigt!

In der Pause setzte sich die Klasse zusammen und besprach die Angelegenheit. „Wir waren es nicht", sagte Hanni. „Nanni und ich waren nach dem Frühstück dauernd beisammen, und Katrin saß bei uns."

„Nun, ich war es auch nicht", sagte Hilda, „denn ich habe für Rita eine Besorgung gemacht."

„Und ich war es auch nicht", sagte Jenni. „Ich habe die Vogelkäfige gereinigt, und Doris half mir dabei."

Nacheinander erklärten alle Mädchen der zweiten Klasse, was sie zwischen Frühstück und erster Unterrichtsstunde getan hatten. Augenscheinlich konnte niemand die Fensterscheibe zerbrochen haben. Aber jemand mußte es doch getan haben!

Nach der Pause nahm die Klasse wieder ihre Plätze ein. Fräulein Roberts betrat das Zimmer. Ihr Mund war zusammengepreßt, und ihre Augen hatten einen kalten Ausdruck. Sie schaute die Mädchen streng an.

„Es tut mir leid, euch mitteilen zu müssen, daß sich niemand gemeldet hat", sagte sie endlich. „Aus diesem Grund mußte ich die Sache Fräulein Theobald melden. Sie ist genau wie ich der Meinung, daß die Klasse für den Schaden aufkommen muß. Die neue Glasscheibe wird zwanzig Mark kosten. Fräulein Theobald hat beschlossen, daß ihr nicht in den Zirkus geht, sondern das Eintrittsgeld zur Ausbesserung des Fensters verwendet."

Ein Schrei des Entsetzens ging durch die Klasse. Sie durften nicht in den Zirkus gehen! Das war ein harter Schlag. Die Mädchen schauten sich böse und aufgebracht an. Warum sollte die ganze Klasse leiden, weil eine Unrecht getan hatte? Das schien nicht gerecht!

„Ich bin davon überzeugt, daß die Schuldige nicht möchte, daß die ganze Klasse bestraft wird", fuhr Fräulein Roberts fort. „Ich hoffe, sie wird bis zum Abend der Vorstellung, das heißt bis Donnerstag, ihr Unrecht eingestehen. Dann darf die Klasse den Zirkus besuchen!"

„Aber Fräulein Roberts, es wäre doch möglich, daß sich bis dahin niemand meldet“, begann Hilda. „Könnten wir nicht die Glasscheibe bezahlen und trotzdem in den Zirkus gehen?“

„Nein“, sagte Fräulein Roberts. „Und jetzt wollen wir nicht mehr darüber reden. Was ich gesagt habe, gilt und wird nicht mehr umgestoßen. Öffnet euer Buch auf Seite 82, bitte.“

Nach dem Vormittagsunterricht war großer Aufruhr in der Klasse. Die Mädchen waren alle sehr wütend.

„Es ist eine Schande“, schrie Jenni. „Ich habe es nicht getan, und ihr, Hanni und Nanni, habt es auch nicht getan, und trotzdem dürfen wir nicht in den Zirkus gehen. Warum werden wir bestraft, wenn wir gar nicht schuldig sind?“

„Nun, es ist eine alte Sitte, daß die gesamte Klasse geradestehen muß“, sagte Hilda. „In der Schule meines Bruders wird das genauso gemacht; natürlich passiert das nicht oft, aber gelegentlich kommt es schon vor. Ich begreife zwar auch nicht, warum man das so macht, aber es ist nun einmal so. Wenn wir nur wüßten, wer es war! Ich würde die Betreffende am Hals packen und sie kräftig schütteln!“

„Könnte sich nicht eine von uns melden und die Schuld auf sich nehmen?“ fragte Katrin. „Dann dürften die anderen in den Zirkus gehen. Mir macht es nichts aus, den Tadel einzustecken und zu Hause zu bleiben.“

„Sei kein Dummkopf“, sagte Hanni und hakte sich bei Katrin unter. „Das würden wir nicht zulassen.“

„Du wirst es doch nicht getan haben, Kat?“ fragte Suse mit halbem Lachen.

„Natürlich nicht“, schrie Nanni. „Sie war die ganze Zeit mit Hanni und mir zusammen. Es ist riesig anständig von ihr, uns diesen Vorschlag zu machen, aber ich würde ihn nie und nimmer annehmen. Wenn mir zu Ohren käme, daß Katrin uns zuliebe die Schuld auf sich genommen hätte, würde ich Fräulein Roberts sofort sagen, daß sie es nicht gewesen ist."

„Wenn ihr so darüber denkt", sagte Katrin, „werde ich es natürlich nicht tun. Wüßten wir nur, wer es tat!"

Dienstag und Mittwoch vergingen, und niemand meldete sich. Als der Donnerstag herankam, erklärte Fräulein Roberts, daß die dritte Klasse in den Zirkus gehen dürfe; die zweite dagegen müsse zu Hause bleiben. Die Mädchen stöhnten und murrten.

„Es tut mir leid", sagte Fräulein Roberts. „Aber ich kann nichts für euch tun. Ich hoffe nur, daß die Schuldige ein sehr schlechtes Gewissen hat. Bitte, hört jetzt auf zu jammern! Wir wollen uns jetzt wieder mit unserer Geographie beschäftigen."

Die vier Ausbrecher

Am Nachmittag trafen sich vier Mädchen der zweiten Klasse zu einem geheimen Gespräch. Es waren die Zwillinge und Katrin und Jenni. Alle waren wütend, weil man ihnen nicht erlaubt hatte, den Zirkus zu besuchen.

„Sollen wir trotzdem gehen?" fragte Jenni. „Wir könnten um halb neun aus dem Haus schlüpfen und auf unseren Fahrrädern zur Stadt fahren. Und wenn wir zurückkämen, wäre es dunkel, und niemand würde uns bemerken."

„Aber die Schultüren werden doch um zehn Uhr abgeschlossen", überlegte Katrin.

„Das weiß ich auch", sagte Jenni. „Aber es gibt doch Leitern! Draußen im Geräteschuppen liegt eine. Mit der können wir ganz leicht unser Schlafzimmerfenster erreichen."

„Ja, und am nächsten Morgen würde man die Leiter bemerken und sofort Bescheid wissen!" spottete Nanni.

„Menschenskind, hast du denn gar keinen Verstand?" seufzte Jenni. „Nur eine von uns wird die Leiter hinaufsteigen. Wenn sie nämlich im Haus ist, kann sie die Tür aufriegeln und uns einlassen. Und bevor wir ins Haus gehen, tragen wir gemeinsam die Leiter zum Schuppen. Habt ihr es nun begriffen, oder soll ich es euch noch einmal erzählen?"

Die Mädchen lachten. Jenni sah komisch aus, wenn sie ungeduldig wurde. „Schon gut", sagte Hanni. „Aber was machen wir, wenn wir geschnappt werden? Ich möchte gar nicht daran denken!"

„Das brauchst du auch nicht", sagte Jenni, „denn man wird uns nicht schnappen. Fräulein Roberts knipst sonst nie Licht an, wenn sie zur Kontrolle in unseren Schlafsaal kommt. Sie wird uns also nicht vermissen. Natürlich müssen wir es Hilda sagen. Sie wird zwar nicht mit uns kommen, weil sie Vertrauensschülerin ist und alle Vorschriften einhält, aber sie wird uns nichts in den Weg legen."

Hilda hielt sie wirklich nicht von ihrem Vorhaben ab. „Meinetwegen", sagte sie, „riskiert es, wenn ihr wollt. Aber laßt euch bloß nicht erwischen!"

Die dritte Kalsse ging mit Fräulein Jenks zum Zirkus. Die zweite Klasse blieb verdrossen und wütend zurück. Nur die vier Verschwörerinnen sahen fröhlich aus. Die meisten aus der Klasse wußten, was die vier geplant hatten, aber niemand wagte, sich anzuschließen.

„Wenn sie euch schnappen, werdet ihr aus der Schule geworfen!" sagte Doris.

„Sie werden uns nicht aus der Schule werfen, und sie werden uns nicht schnappen", sagte Jenni zuversichtlich.

Als die Zeit zum Aufbruch herangekommen war, zogen die vier ihre Mäntel an und verließen das Haus durch eine Seitentür. Draußen war es dunkel. Aber der Himmel war klar, und bald würde der Mond aufgehen. Leise gingen sie zum Fahrradschuppen.

„Was die Fahrräder für einen Lärm machen", flüsterte Jenni, als sie sich auf die Sättel schwangen und den Feldpfad entlangfuhren. Sie kamen gerade beim Zirkus an, als die Leute aus dem Zelt strömten. Die Halb-Sieben-Uhr-Vorstellung war zu Ende.

„Versteckt euch hinter der Hecke, bis alle gegangen sind!" sagte Jenni. „Wir dürfen nicht Fräulein Jenks in die Arme laufen."

Sie verbargen sich, bis die Luft rein war. Die Mädchen bezahlten und setzten sich in eine der hinteren Reihen, damit niemand sie beachtete.

Die Vorstellung war hervorragend. Sie sahen die Reiterin Lotta, die nun ein glitzerndes Kostüm trug und auf einem ungesattelten Pferd ihre Kunststücke vorführte; sie bewunderten Jimmy und seinen klugen Hund Lucky, der wirklich buchstabieren und zählen konnte; sie beklatschten die lustigen Clowns und die wagemutigen Akrobaten; aber sie freuten sich auch an dem dicken Herrn Galliano mit

Ob die Ausreißer mit der kleinen Leiter in ihr Zimmer kamen?

seiner schnalzenden Peitsche und dem großen Schnurrbart. Es war ein wunderbares Programm, und die vier Mädchen genossen jeden Augenblick.

„Wir sollten vielleicht ein bißchen eher gehen", flüsterte Jenni, während sie beobachtete, wie sich der Schimpanse Sammy feierlich entkleidete und einen Schlafanzug anlegte. „Schaut, ist er nicht komisch, und jetzt legt er sich auch noch zu Bett!"

„Was für eine herrliche Vorstellung!" sagte Katrin, als sie zu ihren Fahrrädern eilten. Sie fuhren nach Hause. Der

Mond war aufgegangen, sie konnten den Weg gut erkennen. Bald waren sie an der Schule angelangt. Sie stellten die Fahrräder so geräuschlos wie möglich in den Schuppen. Dann schlichen sie auf Zehenspitzen zum Gerätehaus, um die Leiter zu holen. Sie waren aufgeregt und etwas ängstlich. Es wäre schrecklich, wenn sie jetzt noch geschnappt würden, dachten die Mädchen. Aber niemand war zu sehen. Nur ein schwacher Lichtschein kam aus einem Zimmer des Ostflügels. Es war ungefähr elf Uhr; alle Mädchen und die meisten Lehrerinnen schliefen bereits.

Die Mädchen sahen sich nach einer passenden Leiter um. Es gab zwei, eine kleine und eine sehr große. Jenni deutete auf die kleine.

„Ich glaube, daß die gerade hinreicht“, sagte sie. Die vier Mädchen packten sie und trugen sie zum Schulgebäude. Vorsichtig lehnten sie die Leiter an die Mauer, aber zu ihrem großen Entsetzen stellten sie fest, daß sie nicht einmal bis zum Fensterbrett reichte.

„Ein Jammer!“ stöhnte Jenni. „Es ist zu gefährlich, von der obersten Sprosse ins Zimmer zu klettern. Der Abstand ist zu groß. Wir müssen sie zurücktragen und die andere Leiter holen. Die reicht aus, um aufs Dach zu steigen.“

Sie trugen die kleine Leiter zurück und legten sie behutsam an ihren Platz. Und dann wollten sie die große Leiter packen, aber sie konnten sie nicht tragen. Sie war nämlich sehr schwer. Die vier Mädchen konnten sie kaum vom Boden heben. Auf keinen Fall würden sie es schaffen, sie aufzustellen.

Sie standen im hellen Mondlicht und starrten sich bestürzt an. „Was sollen wir nur tun?“ fragte Nanni mit bebender Stimme. „Wir können doch nicht die ganze Nacht hier draußen bleiben?“

„Natürlich nicht, Dummchen“, sagte Jenni. „Wir werden alle Türen ausprobieren. Vielleicht ist eine aus Versehen offengeblieben. Laßt den Mut nicht sinken!“

Sie schlichen auf Zehenspitzen um die Schule herum und versuchten ins Haus zu kommen. Aber alle Türen waren fest verrammelt. Die Hausmädchen waren nicht nachlässig.

Katrin begann zu weinen. Sie wollte nicht schon wieder unangenehm auffallen. Sie hatte sich doch so bemüht, einen guten Eindruck zu machen.

„Morgen früh werden sie uns entdecken!" flüsterte sie. „Und bis dahin holen wir uns den Tod. Es ist so kalt hier draußen!"

„Halt den Mund und sei nicht solch ein Angsthase!" schalt Jenni zornig.

„Ich weiß, was wir tun!" sagte Hanni. „Wir werfen kleine Steinchen an unser Schlafzimmerfenster. Sicher wacht dadurch jemand auf. Dann machen wir uns bemerkbar und lassen uns die Tür von innen öffnen."

„Eine gute Idee", sagte Jenni.

Sie sammelten kleine Steinchen und warfen sie gegen die Scheiben. Aber Katrin zielte schlecht, ihre Kiesel ratterten an das falsche Fenster — an das Fenster, das über dem Schlafsaal lag und Mamsell gehörte! Und Mamsell erwachte.

„Schnell zurück in den Schatten!" befahl Jenni, und die Mädchen verbargen sich zitternd hinter den Büschen.

Der große dunkle Haarschopf von Mamsell erschien am Fenster, und sie hörten, wie sie mit sich sprach. Die Mädchen drängten sich in einer Ecke zusammen und wagten kaum zu atmen. Sie fürchteten, Mamsell könnte sie sehen. Aber sie hatten Glück, und Mamsell entdeckte sie nicht. Verwundert und laut gähnend ging sie zurück ins Bett. Die Mädchen blieben noch ein paar Minuten in ihrem Versteck. Aufgeregt flüsterten sie miteinander.

„Was sollen wir nur tun? Wir können doch nicht die ganze Nacht hier sitzen?"

„Wären wir doch nicht in den Zirkus gegangen!"

„Mir ist so kalt, daß meine Zähne klappern!"

7 3641-9

Dann packte Hanni Nannis Arm und flüsterte erregt: „Schau einmal hinauf! Ist da nicht jemand an unserem Schlafzimmerfenster?"

Ein Gesicht hob sich deutlich vom dunklen Hintergrund ab. Hanni schlüpfte aus dem Schatten und stellte sich ins volle Mondlicht. Hildas Stimme klang zu ihr herunter.

„Hanni! Du kommst spät. Wo sind denn die anderen?"

„Hier bei mir", flüsterte Hanni. „Die Leitern waren nicht zu gebrauchen. Schließ die Seitentür auf und laß uns herein! Beeil dich, Hilda! Wir frieren so sehr."

Hilda verschwand vom Fenster. Eine Minute später hörten sie, wie sich ein Schlüssel drehte und der Riegel zurückgeschoben wurde — die Tür war offen. Sie schlichen leise ins Haus. Hilda schloß hinter ihnen ab.

Auf Zehenspitzen stiegen sie die Treppe hinauf und hasteten zum Schlafsaal. Dort warfen sie sich auf Jennis Bett und begannen zu kichern. Sie waren sehr froh, daß das Abenteuer so glücklich zu Ende gegangen war.

Dann erzählten sie Hilda, was sie erlebt hatten. Nachdem sie nun in Sicherheit waren, fühlten sich die Ausbrecher sehr wohl.

„Hilda, hast du die Kiesel ans Fenster rattern hören?" erkundigte sich Jenni. „Warum bist du eigentlich aufgestanden? War ich froh, als ich deine Stimme hörte!"

„Die Steine fielen auf den Fußboden", sagte Hilda lachend. „Ich habe nämlich das Fenster einen Spalt offengelassen, damit ihr hereinsteigen konntet. Als ich die Kiesel über das Linoleum rollen hörte, bin ich aufgewacht. Zuerst konnte ich mir gar nicht vorstellen, woher das Geräusch kam, dann knippste ich meine Taschenlampe an und sah die Steinchen. Morgen früh müssen wir sie gleich aufkehren."

Jenni gähnte. „Ich bin so müde", sagte sie. „Der Zirkus war herrlich. Wenn du doch mit uns gegangen wärst! Ich glaube, dir hätte es genauso gut gefallen wie uns!"

„Das glaube ich auch", sagte Hilda. „Aber steh jetzt endlich auf und ziehe dich aus. Und mach nicht zuviel Lärm, sonst wacht Mamsell auf. Denk daran, daß ihr Zimmer gerade über uns liegt."

„Das wissen wir sehr gut", sagte Hanni kichernd, denn sie erinnerte sich, wie Mamsell ihren dunklen Schopf durch das Fenster gesteckt hatte. „Wo ist mein Nachthemd? Wo ist es denn nur hingekommen?"

„In meinem Bett findest du es natürlich nicht, du Dummkopf!" sagte Nanni, die sich schon ausgezogen hatte und im Nachthemd dastand. „Da drüben ist dein Bett, und dort auf dem Kissen liegt auch dein Nachthemd."

„Ja, natürlich!" sagte Hanni gähnend. „Wenn ich mich doch nicht mehr ausziehen müßte! Ich bin so schrecklich müde!"

Bald war wieder Ruhe eingekehrt im Schlafsaal, und alle Mädchen lagen in tiefem Schlummer. Auch die vier Ausbrecher schliefen friedlich. Doch der nächste Morgen brachte eine Überraschung.

Eine große Enttäuschung

Am darauffolgenden Tag waren die vier Ausbrecher noch sehr verschlafen. Sie brachten kaum die Augen auf. Als zum Aufstehen geläutet wurde, erhob sich niemand von ihnen.

„Hallo, Jenni! Katrin! Wollt ihr euch nicht rühren?" schrie Hilda. „Ihr werdet zu spät kommen. Nun schaut einmal diese faulen Zwillinge an, die haben noch nicht einmal mit den Lidern gezuckt!"

„Nur noch fünf Minuten", murmelte Hanni traumselig. Aber die fünf Minuten dehnten sich auf zehn, und immer noch hatten die vier Mädchen kein Glied bewegt. Hilda winkte Doris herbei, und die beiden gingen eilig zu den vier weißen Betten. Am Fußende blieben sie einen Augenblick stehen, dann rissen sie mit einem gewaltigen Ruck die Steppdecken herunter und warfen sie auf den Fußboden.

„Oooooooo", schrien die Mädchen erschrocken. Sie zitterten vor Kälte. „Ihr seid gemein!"

„Steht jetzt endlich auf, sonst bekommt ihr Ärger", sagte Hilda.

Unwillig und noch immer schlaftrunken kleideten sich die vier an. Sie mußten ständig gähnen. Munterer wurden sie erst, als sich die anderen um sie drängten und nach den Erlebnissen des vergangenen Abends fragten. Wenn sie ihre aufregenden Abenteuer erzählten, fühlten sie sich beinahe wie richtige Heldinnen.

„Ich habe gar keine Lust, zum Unterricht zu gehen", sagte Jenni. „Meine Güte, Fräulein Roberts plagt uns ja heute mit Algebra. Ich werde sicher nicht eine Bohne verstehen. Hoffentlich ist sie in guter Stimmung."

Die Mädchen betraten ihr Klassenzimmer. Jenni nahm ihr Buch zur Hand und überflog noch einmal den Abschnitt, den sie durchgenommen hatten. Ihr schien es, als hätte sie jedes Wort vergessen.

„Fräulein Roberts kommt", zischte Doris, die an der Tür aufpaßte. Die Mädchen hörten auf zu schwatzen. Fräulein Roberts kam herein. Sie sah sehr fröhlich aus, ihre Augen funkelten, und um ihren Mund zuckte ein Lächeln. Was war nur geschehen?

Warum war die Lehrerin so guter Laune? Hatten sie eine vorzügliche Klassenarbeit geschrieben?

„Hört zu", sagte Fräulein Roberts. „Ich habe mich heute morgen sehr gefreut. Ich habe nämlich erfahren, daß keine von euch die Scheibe zerbrochen hat."

Die Mädchen sahen sich erstaunt an. Fräulein Roberts lächelte.

„Es war eine Schülerin der dritten Klasse“, sagte sie. „Anscheinend ist der Ball hier ins Zimmer geflogen; das Mädchen rannte ihm nach und versuchte ihn zu packen, aber er schlug mit Wucht ans Fenster, und die Scheibe zerbrach.“

„Warum meldete sie sich dann nicht?“ schrie Hilda aufgebracht. „Das war sehr gemein von ihr. Wegen dieser Sache durften wir nicht in den Zirkus gehen!“

„Wartet erst einmal ab“, sagte Fräulein Roberts. „Die Schuldige war Magda Hobart, die mit einer schweren Grippe im Krankenzimmer liegt. Sie bekam einen großen Schrecken, als das Fenster in Scherben ging und lief fort. Sie wollte aber ihr Mißgeschick nach dem Unterricht melden. Doch vorher bekam sie Fieber und wurde eiligst zu Bett gebracht. Und seit der Zeit ist sie ernstlich krank. Heute fühlte sie sich etwas besser, und deshalb machte ihre Klassenlehrerin, Fräulein Jenks, einen Besuch bei ihr.“

„Hat sie dann gebeichtet?“ fragte Jenni.

„So war es“, erklärte Fräulein Roberts. „Fräulein Jenks erzählte ihr, daß die dritte Klasse in den Zirkus gegangen sei, die zweite aber zu Hause bleiben mußte. Daraufhin erkundigte sich Magda nach dem Grund. Als sie hörte, daß die Klasse bestraft wurde, weil sie ein Fenster entzweigeschlagen habe, wurde Magda sehr aufgeregt und begann zu weinen. Natürlich erzählte sie gleich die ganze Geschichte, und Fräulein Jenks kam anschließend sofort in mein Zimmer und teilte es mir mit.“

„Oh, ich bin wirklich glücklich, daß es keine von uns war!“ sagte Hilda. „Es wäre schrecklich gewesen, einen gemeinen Feigling in der Klasse zu haben..“

„Ich konnte es auch nicht begreifen“, sagte Fräulein Roberts. „Ich glaube nämlich, daß ich euch gut kenne. Ihr seid zwar manchmal sehr albern, unerträglich und richtige Plagegeister, aber ich konnte mir nicht vorstellen, daß ihr feige seid.“

Fräulein Roberts lächelte, als sie dies sagte, und die Klasse begann zu kichern. Alle Mädchen fühlten sich sehr erleichtert.

„Dürfen wir dann jetzt in den Zirkus gehen?" fragte Hilda. „Heute und morgen sind noch Vorstellungen."

„Natürlich", sagte Fräulein Roberts. „Fräulein Theobald hat vorgeschlagen, daß ihr morgen geht. Und um euch für eure unverdiente Enttäuschung zu entschädigen, lade ich euch vorher noch zu einer Tasse Kaffee ein. Was haltet ihr davon?"

Die Mädchen hielten viel davon. Sie riefen: „Ooooo" und „Aaaah" und klatschten in die Hände und sahen sehr glücklich aus. Erst einen Kaffee und viel Torte und dann Zirkus! Das war herrlich. Und sicher war die Abschiedsvorstellung besonders schön! Was für ein Glück, daß sich Magda rechtzeitig gemeldet hatte.

Nur vier Mädchen waren nicht recht zufrieden, und das waren die Zwillinge und Katrin und Jenni. Sie hatten ja die Vorstellung schon gesehen. Sollten sie ein zweites Mal gehen? Sie schauten einander an und fühlten sich sehr töricht. Warum hatten sie nicht gewartet!

Später unterhielten sie sich mit Hilda darüber. „Was wir getan haben, kommt uns jetzt richtig albern vor. Glaubst du, wir sollten morgen noch einmal gehen?" fragte Hanni.

„Wenn ihr nicht mitkommt, was sagt ihr dann als Entschuldigung?" erkundigte sich Hilda. „Wollt ihr meine Meinung hören? Ich finde, ihr solltet zu Hause bleiben. Ihr habt euer Vergnügen gehabt. Um zum Zirkus zu gehen, habt ihr die Vorschriften verletzt. Ich mache euch deswegen keine Vorwürfe, aber ich finde es gar nicht gerecht, daß ihr zweimal das Vergnügen habt. So denke ich darüber, und ihr denkt sicher das gleiche. Doch wenn ihr Fräulein Roberts die Wahrheit sagt, dann erlebt ihr ein schreckliches Donnerwetter."

„Können wir nicht sagen, wir fühlten uns nicht wohl?" fragte Nanni. „Mir geht es heute wirklich nicht so gut, ich habe so wenig geschlafen."

„Das ist eine gute Ausrede! Sagt einfach, es wäre euch nicht gut!" meinte Hilda. „Aber ihr habt wirklich Pech. Ihr habt euch um einen schönen Nachmittag im Café gebracht. Außerdem soll die Vorstellung am Samstagabend die beste sein. Das ist allgemein bekannt."

„Wenn wir doch nicht so ungeduldig gewesen wären!" seufzte Katrin.

Aber am folgenden Tag war eine Lüge nicht mehr notwendig, denn alle vier Mädchen hatten eine schlimme Erkältung. Donnerstag nacht hatten sie sich einen starken Husten und Schnupfen geholt.

Fräulein Roberts bemerkte es sofort. „Ihr bleibt besser einen Tag im Bett", sagte sie. „Vielleicht bekommt ihr die Grippe. Geht zur Hausmutter und laßt euch das Thermometer geben. Wo habt ihr nur diese Erkältung her?"

Sie sagten es ihr nicht, sondern gingen mit traurigen Gesichtern zur Hausmutter. Sie fühlten sich ziemlich elend. Katrin hatte Temperatur. Da die Hausmutter den Ausbruch einer Grippe befürchtete, tat sie das einzig Vernünftige und steckte alle vier ins Bett. Sie gab jeder eine große Portion aus ihrer riesigen Arzneiflasche, packte sie fürsorglich unter dicke Steppdecken und ließ sie dann im Krankenzimmer allein.

„Hazie", nieste Katrin. „Waren wir nicht blödsinnig, daß wir vorgestern diesen dummen Ausflug machten? Jetzt haben wir so eine schreckliche Erkältung!"

„Und wir kommen um den Kaffee und die Torte", seufzte Hanni. „Hilda hat gesagt, daß Fräulein Roberts extra eine wundervolle Schokoladentorte bestellt hat."

„Es nützt überhaupt nichts, wenn ihr dauernd jammert", sagte die vernünftige Nanni. „Wir sind an allem selber schuld. Haltet jetzt den Mund. Ich möchte lesen."

Um fünf Uhr machte sich die zweite Klasse auf den Weg. Fräulein Roberts zeigte sich sehr großzügig und spendierte jedem Mädchen eine große Portion Kaffee mit Torte. Doch auch die vier im Krankenzimmer konnten zufrieden sein, denn Fräulein Roberts kaufte auch für sie Schokoladentorte.

„Ich finde, daß sie sich hervorragend benommen haben", sagte sie zu Hilda. „Sie haben nicht einmal gemurrt, als sie zu Hause bleiben mußten."

Hilda erwiderte nichts. Fräulein Roberts wäre nämlich sehr erstaunt gewesen, wenn sie den wahren Grund für diese Bravheit erfahren hätte.

An jenem Samstagabend gab der Zirkus die beste Vorstellung seines Gastspieles; und danach durften die Mädchen hinter die Arena gehen und die Artisten aus der Nähe anschauen. Der Schimpanse Sammy freute sich sehr über ihren Besuch und schwenkte höflich seine Mütze. Jumbo, ein riesiger Elefant, blies in Hildas Nacken und ließ ihre Haare wie durch einen Windstoß aufwirbeln. Und die kühne Reiterin Lotta erlaubte den Mädchen, daß sie ihr wunderschönes schwarzes Pferd streichelten. Es war ein ganz herrlicher Tag, und alle kehrten müde, aber sehr glücklich und aufgeregt in die Schule zurück.

Vor dem Schlafengehen besuchte Fräulein Roberts noch das Krankenzimmer, um sich nach dem Befinden der vier Mädchen zu erkundigen. Die Hausmutter machte gerade die Betten. „Sie sind wohlauf", sagte sie zu Fräulein Roberts. „Auch Katrins Fieber ist heruntergegangen. Sie haben nur alle eine starke Erkältung, mehr nicht."

„Von unserem Ausflug habe ich ihnen ein paar Stück Schokoladentorte mitgebracht", sagte Fräulein Roberts. „Aber wahrscheinlich dürfen sie jetzt nichts mehr essen."

„O doch, wenn sie Appetit darauf haben", sagte die Hausmutter mit einem Lächeln. „Schokoladentorte wird ihnen nicht schaden!"

Natürlich hatten die Mädchen Appetit! Sie fanden es sehr aufmerksam von Fräulein Roberts, daß sie an sie gedacht hatte. Sie aßen gleich ihre Torte und hörten zu, was ihre Lehrerin vom Zirkus berichtete.

„Fanden Sie es auch so komisch, als sich der Schimpanse Sammy auszog und zu Bett legte?" fragte Katrin eifrig. Fräulein Roberts starrte die Mädchen überrascht an.

„Katrin sah in der Stadt die Reklameschilder", sagte Hanni eilig und schaute die unglückselige Katrin wütend an.

„Ich glaube, es ist Zeit zum Einschlafen", sagte die Hausmutter, die glücklicherweise in diesem Augenblick hereinkam. Fräulein Roberts verabschiedete sich sofort.

Als die Hausmutter den Raum verlassen hatte, sagte Jenni: „Du Schaf, beinahe hättest du uns verraten!"

„Tut mir leid", sagte Katrin schläfrig. „Ich habe einfach nicht aufgepaßt."

„Keine Gespräche mehr", sagte die Hausmutter, die noch einmal den Kopf durch die Tür steckte. „Noch ein Wort und ich werde euch eine gehörige Portion meiner unangenehmen Arznei geben." Danach war natürlich keine Silbe mehr zu hören.

Ein schrecklicher Streit

Die Wochen vergingen schnell. Einige Zeit vor den Weihnachtsferien wurden die Zwillinge von ihrer Mutter besucht, die sie zu einem Tagesausflug mitnahm. Sie war glücklich, daß Hanni und Nanni so wohl und zufrieden aussahen.

„Nun, wie habt ihr euch eingelebt?" fragte sie. „Hoffentlich findet ihr Lindenhof nicht mehr so unerträglich, wie ihr gefürchtet habt."

Die Zwillinge erröteten. „Es ist keine üble Schule", sagte schließlich Hanni.

„Ja, sie ist ganz annehmbar", meinte Nanni. Die Mutter lächelte im geheimen. Sie kannte ihre Zwillinge sehr gut. Sie wußte, was diese dürftigen Bemerkungen bedeuteten: Die Mädchen mochten Lindenhof und waren sehr zufrieden.

Obwohl sie Handball zuerst nicht ausstehen konnten, wurden die Zwillinge sehr bald eifrige Sportlerinnen. Mit großer Begeisterung nahmen sie an den allwöchentlich stattfindenden Wettkämpfen teil. Aber sie schauten auch gern bei den Spielen der älteren Mädchen zu. Linda Turm fanden sie hervorragend. Sie rannte so schnell wie der Wind, und sie konnte die Bälle mit unerhörter Geschicklichkeit werfen und fangen.

„Wir waren schreckliche Dummköpfe", sagte Nanni. „Ich wundere mich nur, daß sie sich so gut mit uns abgefunden haben."

„Aber es gibt jemand, mit dem *ich* mich nicht abfinden kann", sagte Hanni. „Und das ist Suse Naylor. Was ist das eigentlich für ein Mädchen? Sie ist so schrecklich hochmütig und eingebildet. Immer spricht sie von ihrem herrlichen Zuhause, von ihrem Pferd und ihren drei Autos. Dauernd gibt sie an und drängt uns ihre Meinung auf, die übrigens keinen Heller wert ist."

Alle fanden Suse unerträglich. Sie versuchte nämlich ständig, sich wichtig zu machen und die Aufmerksamkeit auf sich zu lenken. Suse wollte die Gebildetste und Vornehmste sein, war aber in Wirklichkeit ein einfaches, unauffälliges Mädchen mit ziemlich schlechten Manieren und einer fehlerhaften Sprechweise. Ihre Kleidung war gut, sie kaufte nur das Teuerste, und doch sah sie niemals gepflegt aus. Ihr Haar war schlecht gekämmt, und ihr Hals zeigte oft genug schwarze Ränder.

Das unnachsichtigste Mädchen der Klasse war Jenni. Sie

konnte weder Selbstgefälligkeit noch Dünkel ertragen, und Suses affektiertes Benehmen regte sie unbeschreiblich auf. Sie hatte nicht die Geduld, um sich mit Suse abzufinden. Im allgemeinen wußte Suse das und hielt sich nach Möglichkeit von ihr fern.

An einem Nachmittag saßen die Mädchen vergnügt im Gemeinschaftsraum zusammen. Hanni hatte den Plattenspieler angestellt und ließ viermal die gleiche Schallplatte ablaufen. Jenni schaute auf.

„Um Himmels willen, Hanni!" sagte sie. „Willst du die Platte auswendig lernen? Nimm sie herunter und schlag sie in Stücke! Wenn ich sie noch einmal höre, fange ich an zu schreien!"

„Du hättest nicht so sprechen gesollt!" sagte Suse mit einer gezierten Stimme. Jenni warf wütend ihr Buch auf den Tisch.

„Hört einmal, was Suse sagt! Hättest nicht gesollt! Meine Güte, wo bist du denn aufgewachsen? Hast du immer noch nicht gelernt, wie man sich richtig ausdrückt? Hättest nicht gesollt! Du redest dauernd von eurem Reichtum und euren Mercedes-Wagen, von eurem Pferd und eurem See und was weiß ich noch alles, aber zur gleichen Zeit hast du die Sprechweise eines Straßenkehrers!"

Suse wurde sehr blaß. Hanni legte schnell eine neue Schallplatte auf. Jenni nahm wieder ihr Buch zur Hand. Sie war noch immer böse, aber jetzt auch etwas beschämt. Hätte Suse nun geschwiegen, wäre die ganze Sache wahrscheinlich rasch vergessen worden. Doch Suse schwieg nicht. Nach einer Weile wendete sie sich wieder an Jenni:

„Sicher hätten mich meine Eltern nie nach Lindenhof geschickt", begann sie, „wenn sie gewußt hätten, daß ich mit Mädchen wie dir zusammentreffe. Du hast überhaupt keine Manieren, du ..."

„Manieren! *Du* sprichst von Manieren!" erboste sich Jenni und schleuderte wieder ihr Buch auf den Tisch. „Du lieber Himmel! Wie steht es denn mit deinen eigenen Manieren? Ich würde mich erst an meiner eigenen Nase kratzen. Du weißt ja noch nicht einmal, wie man seinen Hals wäscht und sein Haar kämmt und wie man anständig ißt. Und du bildest dir ein, du seist zu vornehm für uns. Daß ich nicht lache!"

Jenni stampfte wütend aus dem Raum. Suse blieb ganz still und sehr blaß auf ihrem Stuhl sitzen. Die Zwillinge schauten sie an, und Hanni legte rasch eine neue Schallplatte auf und stellte den Ton auf „Laut". Was war das doch für ein schrecklicher Streit!

Nach einer Weile verließ auch Suse das Zimmer. Hanni drehte den Plattenspieler ab. „Hat sie nicht furchtbar aus-

Jenni sagte Suse gründlich die Meinung

gesehen?" sagte sie zu Nanni. „Wenn Jenni doch nicht all diese Sachen gesagt hätte! Natürlich stimmt es, und manchmal haben wir ja auch darüber gelacht, aber es ist recht häßlich, es auf diese Weise herauszuschreien."

„Suse ist aber selber daran schuld!" meinte Hilda. „Wenn sie nicht dauernd protzte und sich wichtig machte, würde niemand ihre Fehler sonderlich beachten. Auf der einen Seite behauptet sie, zu Hause hätten sie fünf Badezimmer, eins in Rosa, eins in Blau, eins in Grün, eins in Gelb und eins in Lila, und dabei läuft sie hier meist mit ungewaschenem Hals herum; da wird doch jeder stutzig, oder nicht?"

„Ja, sie ist komisch mit ihren Badezimmern!" sagte Nanni. „Aber sie ist auch sonst komisch. Sie ist die einzige in unserer Klasse, die ich wirklich und wahrhaftig nicht kenne. Ich weiß weder, ob sie großzügig oder geizig, freundlich oder unfreundlich, gut oder falsch, ehrlich oder unehrlich, lustig oder ernsthaft ist. Immer spielt sie eine Rolle. Sie setzt eine Maske auf und gibt vor, jemand Besonderes zu sein. Wenn sie dieses Getue ablegte, wäre sie vielleicht ganz nett."

„Das glaube ich nicht", sagte Hilda, die Suse und ihre Ziererei gründlich satt hatte. „Wahrscheinlich ist sie einfach nicht ganz bei Trost."

Suse kam nicht zum Kaffee, aber niemand vermißte sie. Als sie jedoch am Abend eine Arbeitsgemeinschaft nicht besuchte, wurde Hanni ausgeschickt, sie zu suchen. Hanni schaute sich überall nach ihr um und fand sie schließlich in einem abgelegenen und kalten Musikzimmer.

„Suse, was machst du denn hier?" fragte Hanni. „Hast du die Arbeitsgemeinschaft vergessen?"

Suse schwieg und saß da, ohne sich zu rühren. Sie sah krank aus.

„Ist dir nicht gut?" fragte Hanni. „Soll ich dich zur Hausmutter bringen? Was ist nur los mit dir?"

„Nichts", sagte Suse.

„Warum sitzt du dann hier in der Kälte?“ fragte Hanni weiter. „Komm, sei kein Dummkopf. Wenn du nicht krank bist, geh mit zur Arbeitsgemeinschaft. Fräulein Roberts ist schon ganz verärgert.“

„Ich gehe nicht mit“, sagte Suse. „Nach dem, was Jenni gesagt hat, kann ich euch nicht mehr gegenübertreten.“

„Na, komm schon! Nimm doch von Jenni keine Notiz!“ sagte Hanni nun etwas in Sorge. „Du weißt doch, wie leicht sie in Wut gerät. Sie sagt dann Dinge, die sie überhaupt nicht meint; sie hat sicher alles längst wieder vergessen.“

„Sie sagt nicht Dinge, die sie nicht meinte. Das ist der springende Punkt“, sagte Suse mit der gleichen ruhigen und ziemlich sonderbaren Stimme. „Sie sagte genau das, was sie meinte. Wie ich Jenni hasse!“

„Du darfst doch Jenni nicht hassen! Gewiß, sie ist schrecklich aufbrausend und ungeduldig, aber doch auch wieder sehr freundlich. Sie wollte dich nicht *wirklich* kränken. Schau, du bist sicher überreizt. Geh mit mir zur Hausmutter. Vielleicht hast du ein wenig Fieber.“

„Laß mich allein“, sagte Suse widerspenstig und blieb auf ihrem Stuhl sitzen. Schließlich mußte Hanni gehen, ohne daß sie etwas erreicht hatte. Sie war unruhig. Warum war Jenni nur so unbeherrscht herausgeplatzt? Hanni konnte sich gut vorstellen, wie jemand zumute war, den man in aller Öffentlichkeit bloßgestellt hatte. Was sollte sie nur tun? Sollte sie es Fräulein Roberts erzählen?

Auf dem Weg zum Klassenzimmer kam sie am Arbeitsraum der Vertrauensschülerin vorbei. Die Tür war ein wenig offen, und Hanni konnte Winifred James erkennen, die sich über ein Buch beugte.

Hanni zögerte einen Augenblick, und da kam ihr ein guter Gedanke.

Sie wollte Fräulein Roberts nichts von dem Streit sagen. Aber sie konnte doch Winifred um Rat fragen. Irgend etwas mußte wegen Suse getan werden.

„Hallo! Ist irgend etwas passiert?“ fragte Winifred, als sie Hanni vor sich stehen sah. „Solltest du nicht in deiner Arbeitsgemeinschaft sein?“

„Ja, das sollte ich“, sagte Hanni. „Aber Fräulein Roberts hat mich fortgeschickt, jemand zu suchen. Es ist ein Mädchen aus meiner Klasse, und ich mache mir ziemlich Sorgen um sie. Mit Fräulein Roberts möchte ich nicht darüber sprechen. Kann ich es vielleicht mit dir?“

„Natürlich“, sagte Winifred, „aber erzähle mir bitte keine Klatschgeschichten!“

„Sicher nicht, Winifred!“ sagte Hanni. „Ich petze nie. Ich habe mich nur daran erinnert, daß du und dieses Mädchen aus der gleichen Stadt stammen. Deshalb dachte ich, du könntest mir einen Rat geben.“

„Das hört sich sehr geheimnisvoll an“, sagte Winifred. „Um was handelt es sich denn?“

Hanni berichtete von dem Streit, sie erzählte, wie er begonnen und wie er sich entwickelt hatte.

„Und jetzt sieht Suse so seltsam und krank aus“, sagte sie. „Ich glaube, daß mehr dahintersteckt als Ärger oder Kummer um diesen albernen Streit.“

Winifred hörte ganz ruhig zu. „Ich bin froh, daß du zu mir gekommen bist“, sagte sie. „Ich bin nämlich der einzige Mensch hier, der über Suse Bescheid weiß. Du bist ein vernünftiges Mädchen, Hanni, deshalb werde ich dir einiges erklären. Und vielleicht können wir beide Suse dann helfen.“

„Hoffentlich“, sagte Hanni. „Ich mag sie zwar nicht sonderlich, aber ich kenne sie vielleicht zu wenig. Sie versteckt sich nämlich immer hinter ihrem Hochmut und ihrer Protzerei. Ich glaube, du verstehst, was ich meine. Aber jetzt ist sie schrecklich unglücklich, und ich kann das nicht mit ansehen.“

Winifred nickte und begann dann zu erzählen. „Suses Eltern waren einmal sehr arm“, begann sie. „Ihre Mutter war die Tochter unseres Gärtners, und ihr Vater besaß eine Art Ladengeschäft. Er erwarb viel Geld, ein richtiges Vermögen, und so fanden sie Einlaß in die bessere Gesellschaft. Sie haben Autos und alles, was man sich nur denken kann. Sie schicken Suse in die besten Schulen, um eine Dame aus ihr zu machen."

„Ach", sagte Hanni, die plötzlich begriff. „Deshalb gibt Suse immer an, und deshalb zeigt sie sich so hochmütig und eingebildet. Sie fürchtet, daß wir uns wegen ihrer niedrigen Herkunft über sie lustig machen und sie nicht als Freundin haben wollen."

„Ja", bestätigte Winifred. „Ihre dumme Überheblichkeit ist nur eine Art Schutzwall, hinter dem sich ein einfaches und ziemlich verschüchtertes Mädchen verschanzt. Und nun hat Jenni den Schutzwall heruntergerissen und alles bloßgelegt, was Suse immer zu verbergen suchte — die Manieren und die Sprache, die sie lernte, als sie noch sehr klein war."

„Wie schrecklich dumm von Suse, sich so zu verstellen", sagte Hanni. „Hätte sie uns doch gesagt, daß ihre Eltern erst sehr arm waren, sich aber später viel Geld erarbeiteten und daß sie sehr froh ist, mit uns eine gute Schule zu besuchen. Glaub mir, wir hätten sie sicher verstanden und wegen ihrer Aufrichtigkeit geschätzt. Aber diese dumme Angabe und Heuchelei war wirklich nicht zu ertragen."

„Wenn Leute merken, daß sie nicht so klug oder so gebildet oder so guter Herkunft sind wie ihre Mitmenschen, dann benehmen sie sich oft in dieser Weise, um ihre Unsicherheit zu verbergen", erklärte ihr Winifred. „Versuche, Suse zu begreifen und ihr zu helfen!"

„Wie kann ich das aber?" fragte Hanni. „Ich weiß es wirklich nicht."

„Ich werde selbst mit ihr sprechen", sagte Winifred und stand auf. „Ich möchte aber, daß ihr, du und auch Nanni, in den nächsten Wochen ganz besonders nett zu ihr seid

Schneider-Buch
Preisrätsel

✂ Hier abschneiden

2768 / Als Geschmacksmuster geschützt

Meine lieben Freunde!

Wenn Ihr mir diese Karte mit einer richtigen Lösung einschickt, könnt Ihr ein Schneider-Buch gewinnen.

- Jeden Monat gibt es 400 Buchpreise.
- Benachrichtigt werden nur die Gewinner.
  Wer keinen Preis bekommen hat, dem glückt's vielleicht ein andermal.

Die Beteiligung ist nicht an den Kauf eines Schneider-Buches gebunden. Ihr bekommt das Preisrätsel bei Eurem Buchhändler auch lose.

- Jeder darf aber nur eine Karte einsenden!

Viel Spaß und herzliche Grüße! Onkel Franz

Onkel Franz
von den Schneider-Büchern

8000 München 13
Postfach

Postkarten-
Porto

4
Schneider-Buch-Titel

Welcher gehört zu dem hier abgebildeten Deckelbild?

M 8–12

☐ Susanne Detert
Babsi kommt nach Oberbayern

☐ Antonia Arnold
Morgen kommt Ricki

☐ Agnes Münster
Die verschwundene Violine

☐ Marianne Hassebrauk
Petra und Marion

Den richtigen Titel bitte ankreuzen und Alter ausfüllen! Nur mit Schreibmaschine oder mit Tinte in Blockschrift! Bitte sehr sorgfältig ausfüllen!

J* = Junge
M* = Mädchen
**Nach dem Vornamen bitte 1 Leerfeld lassen

Geburtsdatum: J* | M* | Tag | Monat | Jahr

Name**

Postleitzahl

Ort

Straße

Haus-Nr.

und daß ihr nicht über sie lacht oder sie auf Fehler aufmerksam macht. Gebt ihr eine Möglichkeit, zu zeigen, was in ihr steckt."

„Das will ich selbstverständlich tun", sagte Hanni. „Vielen, vielen Dank, Winifred. Jetzt muß ich aber zurück zum Unterricht."

Was Winifred mit Suse besprach, erfuhren die Zwillinge nie. Die Vertrauensschülerin war sehr klug, und sie behandelte das eingeschüchterte und bekümmerte Mädchen mit viel Verständnis und großer Güte.

Suse kam an diesem Abend blaß und nervös in den Gemeinschaftsraum. Sie wagte niemand in die Augen zu schauen. Aber Hanni kam ihr sofort zu Hilfe. Sie streckte ihr das Strickzeug entgegen, an dem sie gerade arbeitete, und rief: „Suse, dich kann ich gerade gut brauchen. Bitte, schau doch einmal nach, wo ich einen Fehler gemacht habe. Du kannst so gut nach Mustern stricken, während ich einen Schnitzer nach dem anderen mache. Habe ich mich hier geirrt — oder hier?"

Suse ging erleichtert zu Hanni und half ihr, den Fehler zu beheben. Als sie damit fertig war, hatte Nanni ein Anliegen. „He, Suse", rief sie, „willst du mir deine Wasserfarben leihen? Ich finde meine nicht."

„Ja, natürlich", sagte Suse und holte ihren Malkasten. Als sie aus dem Zimmer war, schaute Jenni auf.

„Wieso tut ihr plötzlich so befreundet mit unserer hochmütigen Suse?" fragte sie.

„Um deine Häßlichkeit wieder ein wenig gutzumachen", erwiderte Hanni. „Du hast sie an ihrer wundesten Stelle getroffen. Sei jetzt nicht kleinlich."

„Das ganze tut mir wirklich leid", sagte Jenni. „Ihr könnt es mir glauben oder nicht. Aber entschuldigen werde ich mich trotzdem nicht! Das regt sie nämlich nur noch einmal auf. Dafür werde ich ihr *zeigen,* daß ich nicht schön gehandelt habe."

„Das ist noch besser", sagte Nanni. „Achtung, sie kommt."

Suse kam mit den Farben ins Zimmer. Nanni bedankte sich und sagte: „Das ist aber ein hübscher Malkasten." Früher hätte Suse sofort gesagt, was er kostete, und sich schrecklich wichtig gemacht. Aber heute schwieg sie. Jenni sah sie an und bemerkte, daß sie noch immer blaß war. Obwohl Jenni eine scharfe Zunge und ein hitziges Temperament hatte, war sie gutherzig. Sie nahm eine Schachtel Bonbons aus ihrer Tasche und reichte sie herum. Suse rechnete damit, daß Jenni sie überging, und schaute weg. Jedoch: „Suse, ein Bonbon?" fragte Jenni mit ihrer klaren freundlichen Stimme. Suse zögerte. Sie war noch immer beleidigt. Aber Jennis braune Augen sahen sanft und freundlich aus, und Suse merkte: sie wollte Frieden schließen. Also schluckte sie ihren Ärger hinunter und nahm ein Bonbon.

„Danke, Jenni", sagte sie, und ihre Stimme zitterte leicht.

Dann versanken die Mädchen in einem Gespräch über die geplante Weihnachtsaufführung. Suse vergaß den Streit, lutschte an ihrem Bonbon und wurde zusehends fröhlicher.

Als sie im Bett lag, dachte sie noch einmal über alles nach. Sie hätte nicht soviel angeben sollen, das verstand sie. Aber sie hatte es doch nur getan, um mit den anderen Schritt zu halten. Indessen hatten ihre Mitschülerinnen die ganze Zeit über ihre schwachen Stellen gesehen und sich über ihre Protzerei lustig gemacht. Hoffentlich würden sie in Zukunft freundlich sein und nicht auf sie herabschauen, wenn sie nun ihr Benehmen änderte.

Suse war kein tapferes und auch kein sehr verständiges Mädchen, aber an diesem Abend war sie tapfer und verständig genug, um zu begreifen, daß Geld und Autos nicht den Wert eines Menschen ausmachen. Es kam allein auf den Menschen selber an. Und jetzt werde ich so handeln, wie

Winifred vorgeschlagen hat, ich werde zeigen, was in mir steckt, dachte die arme Suse. Ich glaube zwar nicht, daß ich eine große Persönlichkeit bin, aber sicher bin ich auch nicht weniger als all die anderen.

Und so legte Suse ihre Hochnäsigkeit und Protzerei ab. Die Klassenkameradinnen bemühten sich, freundlich zu sein und über vieles hinwegzusehen. Sie gaben ihr die Möglichkeit, sich zu bewähren. Und Suse nützte die Chance. Nach und nach wurde sie ein sehr nettes, fröhliches Mädchen, das man gern zur Freundin hatte, wie Hanni sich ausdrückte.

„Ich werde jetzt immer den Leuten eine Chance geben", sagte Hanni zu Nanni. „Schau Katrin an: Was ist sie doch für ein lieber Kerl geworden! Und Suse ist schon jetzt so ganz anders."

„Nun", sagte Jenni, die das Gespräch mit angehört hatte. „Wißt ihr eigentlich, daß wir euch auch eine Chance gaben? Ihr wart nämlich recht unerträglich, als ihr herkamt. Das kann ich euch versichern. Aber ihr habt euch gewaltig gebessert. Eigentlich seid ihr jetzt ganz annehmbar."

Hanni und Nanni ergriffen zwei Kissen und rannten auf die spottlustige Jenni zu. Kreischend versuchte sie, sich vor den unbarmherzigen Zwillingen zu retten. Aber ohne Mitleid wurde sie gepufft und gekniffen.

„Dir geben wir keine Chance, du Scheusal", kicherte Nanni. „Du verdienst keine. Höre sofort auf zu beißen!"

„Dann laßt mich auch los", japste Jenni. „Wartet nur, bis ich ein Kissen in die Hand bekomme."

Aber die Zwillinge warteten nicht. Gefolgt von Jenni stürmten sie hinunter zur Turnhalle, wobei sie ein halbes Dutzend Mädchen umrannten.

„Diese Kinder", sagte Tessi, die eine Klasse über ihnen war. „Man könnte meinen, man sei in einer Irrenanstalt."

Suse bewährt sich

Nur noch vier Wochen waren es bis Weihnachten. Die Mädchen übten fleißig für die Theateraufführung, die am letzten Schultag stattfinden sollte. Die zweite Klasse studierte ein historisches Stück ein, das Fräulein Kennedy selber geschrieben hatte. Die Proben machten den Mädchen großes Vergnügen.

„Die alte Kenny ist doch ein feiner Kerl", sagte Hanni, die eifrig ihre Rolle lernte. „Komisch, jetzt denke ich gar nicht mehr daran, sie zu ärgern. Das kommt wohl daher, daß wir an unserem Spiel so viel Freude haben."

„Wenn ich doch an unserem französischen Stück genausoviel Freude hätte!' stöhnte Doris, deren schreckliche Aussprache Mamsell zur Verzweiflung brachte. „Ich kann einfach nicht das ‚r' in der Kehle rollen. Rrrrrrr!"

Alle lachten über Doris, als sie sich wieder einmal vergebens bemühte, den Buchstaben ‚r' richtig auszusprechen. Doris hatte kein Gehör für Sprachen. Dafür war sie eine begabte Tänzerin, und mit ihrem Humor brachte sie die Klasse oft genug zum Lachen.

Jede Klasse trug zum Programm bei. Gelegentlich gab es auch Streit, weil alle Mädchen die Turnhalle gleichzeitig benutzen wollten.

Der Unterricht verlief natürlich ohne Störungen. Fräulein Roberts duldete nicht, daß die Schularbeiten in irgendeiner Form beeinträchtigt wurden. Sie war sehr böse, als sie Hanni dabei ertappte, wie sie im Unterricht eine Theaterrolle auswendig lernte.

Hanni hatte sich die Worte auf einen Zettel geschrieben und ihn säuberlich in ihr Grammatikbuch geheftet. Sie spielte im Stück eine wichtige Person und wollte bis zur Nachmittagsprobe ihren Text sicher beherrschen.

„Ich glaube, du hast in deinem Buch die falsche Seite aufgeschlagen“, sagte Fräulein Roberts plötzlich. „Bring es mir einmal her!“

Hanni wurde rot. Sie stand auf und ließ dabei das Buch absichtlich auf den Boden fallen, damit es sich schloß. Dann hob sie es auf und brachte es Fräulein Roberts. Sie hoffte, daß die Lehrerin das eingeheftete Blatt Papier nicht bemerkte. Aber Fräulein Roberts entdeckte es natürlich. Ihre scharfen Augen sahen alles.

„Das dachte ich mir“, sagte sie und nahm den Zettel aus dem Buch. „Wann ist denn die Probe?“

„Heute nachmittag, Fräulein Roberts“, sagte Hanni.

„Nun, dann wirst du dich heute nachmittag mit deiner Grammatik beschäftigen. Das scheint mir gerecht — und dir wohl auch. Wenn du nämlich deine Theaterrolle in der Grammatikstunde lernst, dann solltest du auch deine Grammatikregeln während der Probezeit lernen.“

Hanni schaute die Lehrerin entsetzt an. „Aber, Fräulein Roberts, ich muß zur Probe. Ich habe eine wichtige Rolle im Stück!“

„Und im nächsten Jahr gibt es wichtige Zeugnisse“, sagte Fräulein Roberts. „Nun, ich will es noch einmal hingehen lassen, aber wenn ich dich wieder erwische, und wenn du morgen deine Grammatikregeln nicht beherrschst, wirst du an der nächsten Probe nicht teilnehmen.“

Die Mädchen waren in diesen letzten Wochen vor den Ferien sehr beschäftigt. Erstens hatten sie viele Klassenarbeiten zu schreiben, und außerdem sollte doch der große bunte Abend stattfinden, an dem alle Klassen mitwirkten. Die Zwillinge und ihre Kameradinnen waren schon lange vorher aufgeregt. Sie hatten sich einiges vorgenommen. Doris wollte einen Solotanz aufführen, den sie selber erfunden hatte. Vera studierte eine Rolle für ein Theaterstück ein. Fünf Mädchen spielten in dem französischen Stück mit, die anderen im historischen. Alle hatten eine Aufgabe.

Nur Suse hatte keine. Das ergab sich ganz zufällig. Zuerst sollte sie nämlich in der französischen Komödie mitmachen. Deshalb berücksichtigte sie Fräulein Kennedy nicht bei ihrem Stück. Aber dann änderte Mamsell ihre Meinung und gab Jo die Rolle, die für Suse bestimmt war. Aus diesem Grund spielte Suse nun in keinem der beiden Theaterstücke mit. Und da sie kein Musikinstrument beherrschte, Gedichte schlecht aufsagte und keine Begabung zum Tanz hatte, konnte sie auch keine eigene Nummer zum Abend beitragen. So fühlte sie sich sehr übergangen.

Sie beschwerte sich nicht. Und zu Anfang bemerkte niemand, daß sie nirgends mitmachte. Es war ja auch gar keine Absicht gewesen. Dann fiel Nanni auf, daß Suse immer so trübsinnig war, und sie fragte sie nach dem Grund.

„Was ist los mit dir? Hast du schlechte Nachrichten von zu Hause?"

„O nein", erwiderte Suse. „Es ist nichts."

Nanni fragte nicht weiter, aber sie beobachtete Suse ein paar Tage. Sie sah dann bald, daß Suse weder in einem Stück mitspielte noch einen eigenen Beitrag zur Aufführung vorbereitete.

„Bist du traurig, weil du nicht mitmachst?" fragte Nanni. „Ich dachte, du hättest eine Rolle im französischen Stück?"

„Das war vorgesehen", sagte Suse verlegen. „Aber dann hat Mamsell jemand anders vorgezogen. Ich mache nirgends mit, und alle werden es merken. Es ist so häßlich, übergangen zu werden."

„Das ist doch nicht absichtlich geschehen", sagte Nanni lachend.

„Es sieht aber so aus", sagte Suse. „Ich weiß, daß ich keine große Begabung habe, aber man hätte mir doch wenigstens eine kleine Rolle geben können."

„Sei kein Dummkopf", sagte Nanni. „Du weißt doch genau, daß dich niemand zurücksetzen will." Aber sie konnte Suse nicht überzeugen. Sie schaute eigensinnig und verbittert aus. Wie viele schwache Menschen war sie ein richtiger Starrkopf.

„Ich habe es satt, immer nur zuzuschauen", sagte sie. „Ich werde weder zu den Proben noch zur Aufführung gehen. Ich kümmere mich nur noch um mich selber."

„Du könntest dich wirklich dafür interessieren, was deine Klasse macht, auch wenn du diesmal nicht mitspielst", sagte Nanni aufgebracht. „Du bist dumm und kleinlich."

„Dann bin ich eben dumm und kleinlich", sagte Suse mit Tränen in den Augen und rannte weg.

Nanni erzählte es Hanni. „Du liebe Zeit", sagte Hanni. „Jetzt haben wir gerade gedacht, daß Suse vernünftiger geworden ist, und nun macht sie uns schon wieder Schwierigkeiten. Wir sollten ihre Launen gar nicht beachten."

Jenni hatte dem Gespräch zugehört. Sie war in den letzten Wochen sehr nett zu Suse gewesen, denn sie hatte wegen des Streits immer noch ein schlechtes Gewissen. Im Augenblick sah sie sehr gedankenvoll aus.

„Nein", sagte sie, „es ist falsch, jetzt aufzugeben. Wir sollten uns auch weiterhin um Suse bemühen. Wir müssen uns etwas ausdenken, das sie aufheitert. Ich weiß, wie ihr zumute ist. Ich war nämlich einmal in der gleichen Lage. Ich wollte in einem Wettkampf mitmachen, aber man hat mich nicht in die Mannschaft aufgenommen. Es war ein schreckliches Gefühl, und ich kam mir sehr gedemütigt vor."

Die Zwillinge lachten. Jenni war ein so vernünftiges Mädchen, daß man ihr derart dumme Gedanken gar nicht zutraute.

„Ihr habt gut lachen", sagte Jenni. „Ihr seid Zwillinge, und deshalb hat jede von euch immer einen Menschen, mit dem sie sich aussprechen kann, aber Suse hat niemand.

Und sie ist von Natur aus verschlossen und überempfindlich."

„Du setzt dich aber plötzlich sehr für Suse ein", meinte Hanni überrascht.

„Das tue ich nicht", sagte Jenni ungeduldig. „Ich möchte ihr nur helfen."

„Dann denke dir etwas aus", sagte Nanni. „Ich habe keine Ahnung, wie man ihr helfen könnte."

Jenni begann zu überlegen. Sie war oft ungeduldig und leicht erregt, aber wenn sie sich einmal etwas in den Kopf gesetzt hatte, führte sie es auch durch. Suse brauchte Hilfe, und Jenni wollte sie ihr geben.

„Ich habe es!" rief sie plötzlich. „Wir machen sie zur Souffleuse. Wir brauchen jemand, der uns bei den Proben den Text vorsagt. Und das ist nicht nur ein Vorwand, ich vergesse meine Sätze oft genug. Ich frage Suse, ob sie diese Aufgabe übernimmt."

Jenni ging sofort los, um Suse zu suchen. Sie entdeckte sie im Zeichensaal, wo sie die Schränke aufräumte.

„Hör zu, Suse! Willst du uns einen Gefallen tun?" rief Jenni. „Willst du in unserem Stück die Souffleuse machen? Wir bleiben so oft stecken, und es wäre uns eine große Unterstützung, wenn du mit dem Buch neben uns stehst und weiterhilfst."

„Das liegt mir nicht!" sagte Suse mürrisch.

„Warum soll dir das nicht liegen, du Dummkopf!" sagte Jenni. „Es würde uns doch so viel bedeuten. Bitte, Suse, tu es. Sicher sind ein paar von uns bei der Vorstellung schrecklich aufgeregt, und da wären sie für eine Souffleuse sehr dankbar."

„Meinetwegen", sagte Suse ohne große Begeisterung. Da sie nicht im Stück mitspielte, wollte sie eigentlich auch keine Handlangerdienste verrichten. Das war aber sehr eigensüchtig, und Suse bemühte sich, ihre schlechten Eigenschaften abzulegen.

So wurde sie Souffleuse. Sie besuchte alle Proben, und bald fand sie auch Freude an ihrer neuen Aufgabe. Sie stand zwar immer abseits, während die anderen große Rollen spielen durften, aber sie beschwerte sich nie. Alle Mädchen fanden, daß sie sich recht gut benahm.

Zwei Wochen vor Weihnachten gab es einen Unfall. Die stille Vera, die auch zur zweiten Klasse gehörte, stürzte beim Turnunterricht und brach sich den Arm. Sie wurde ins Krankenhaus gebracht. Dort kam der Arm in Gips. Dann aber durfte Vera nach Hause fahren, weil es kurz vor den Ferien war. Die Klasse war nicht nur aus Mitgefühl bestürzt, sondern auch, weil Vera eine wichtige Rolle spielte.

„Was sollen wir nun tun?“ fragte Hanni erregt. „Niemand kann Veras große Rolle so schnell lernen.“

Die Mädchen schauten sich verzweifelt an. Von denjenigen, die nicht mitspielten, traute sich niemand zu, Vera zu ersetzen. Das Stück würde ausfallen müssen. Und die Mädchen hatten sich doch so gefreut! Dann meldete sich Jenni.

„Ich weiß, wer Veras Rolle übernehmen könnte!“ rief sie. „Du, Suse! Du hast uns immer souffliert und kannst wahrscheinlich das ganze Stück auswendig. Willst du nicht Veras Platz einnehmen?“

Suse wurde ganz rot im Gesicht. Alle Mädchen schauten sie erwartungsvoll an.

„Sag schon ja!“ drängte Hanni. „Du bist sicher so gut wie Vera!“

„Ich tue es sehr gern“, sagte Suse. „Ich kenne jedes Wort ihrer Rolle, und natürlich auch die anderen. Aber gerade Veras Rolle mag ich besonders.“

„Gut“, sagte Hanni. „Da haben wir ja sehr viel Glück gehabt!“

Bei der nächsten Probe war Suse nicht mehr die Souffleuse, sondern sie übernahm eine der wichtigsten Rollen des Stückes. Sie wußte nicht nur den Text auswendig, sondern zeigte auch eine gute schauspielerische Leistung, besonders weil sie Vera oft beobachtet hatte.

Die Klasse war sehr zufrieden. Alle wußten ja, daß Suse versehentlich übergangen worden war, und hatten sie bewundert, als sie ohne Murren eine ziemlich langweilige Aufgabe übernommen hatte.

Aber niemand war so glücklich wie Suse selbst. Sie freute sich so sehr über diese unerwartete Belohnung ihrer Mühen. Lächelnd saß sie im Unterricht, und sie war jetzt immer so guter Laune, daß die Kameradinnen sie kaum wiedererkannten.

Doch Suse vergaß auch nicht, Vera zu schreiben und ihr alles Gute zu wünschen. Mitten in ihrem Glück dachte sie an die Nöte eines anderen Menschen. Ja, Suse war auf dem besten Weg, eine Persönlichkeit zu werden.

Katrin hat ein Geheimnis

Als Hanni, Nanni und Katrin eines Nachmittags aus der Stadt zurückkehrten, hörten sie ein Winseln.

„Das ist ein Hund“, sagte Katrin sofort und suchte die Hecke ab, aus der das Geräusch kam. Sie fand einen kleinen Rauhhaar-Terrier, der an Kopf und Brust blutete.

„Er ist angeschossen worden“, schrie Katrin entrüstet. „Schaut nur die vielen Schrotkörner an. Das war sicher dieser scheußliche Bauer, der hier in der Nähe seinen Hof hat. Er schreit immer, daß er jeden Hund totschießen will, der über seine Felder rennt.“

„Ist es so schlimm, wenn Hunde über Felder rennen?“ fragte Hanni überrascht.

„In gewisser Weise schon“, klärte sie Katrin auf „denn

auf den Feldern weiden Schafe, die bald Junge haben. Und Hunde scheuchen gern Schafe, weißt du, und sie jagen ihnen Angst ein."

„Aber diesem armen Hund müssen wir trotzdem helfen", sagte Hanni. „Was können wir nur tun?"

„Ich nehme ihn mit zur Schule und pflege ihn, bis er wieder gesund ist", sagte Katrin. Sie war ganz närrisch auf Tiere. Die Zwillinge schauten sie erstaunt an.

„Du darfst den Hund doch nicht in die Schule bringen", sagte Hanni. „Und außerdem müssen wir die Polizei benachrichtigen. Vielleicht macht sich sein Besitzer schon Sorgen?"

„Ich werde anrufen und mich erkundigen", versprach Katrin. „Aber jetzt nehme ich ihn erst einmal mit."

Sie hob den Hund sehr sanft vom Boden. Er fing wieder an zu winseln, kuschelte sich aber vertrauensvoll in ihre Arme.

Mit dem Hund auf dem Arm gingen sie zurück zur Schule. Sie überlegte, wo man ihn unterbringen konnte. Hunde durften nämlich in der Schule nicht gehalten werden. Aber Katrin dachte nicht daran, diese Vorschrift zu befolgen. Sie wollte den kleinen Terrier gesundpflegen.

„Können wir ihn im Fahrradschuppen unterbringen?" schlug Hanni vor.

„Nein, dort ist es viel zu kalt", sagte Katrin, die vor dem Schulgebäude stand und nachdachte, wie man den Hund ungesehen ins Haus tragen konnte.

Alle dachten nach. Dann rief Hanni: „Ich habe die Lösung. Wir legen ihn auf dem Dachboden in den Kofferraum. Dort ist es ruhig und warm, und niemand kommt je hin."

Jenni tauchte auf. Sie wunderte sich, was ihre drei Kameradinnen vor dem Schultor machten.

„Hallo", sagte sie. „Was habt ihr denn da? Einen Hund! Um Himmels willen, was ist denn mit ihm passiert?"

„Er ist angeschossen worden", sagte Katrin. „Wir wollen ihn auf dem Dachboden unterbringen, bis es ihm besser geht. Gehst du in die Stadt, Jenni? Dann frag doch einmal bei der Polizei, ob jemand einen Hund als vermißt gemeldet hat. Wenn ja, dann laß dir Name und Adresse geben."

„In Ordnung", sagte Jenni. „Aber seid vorsichtig, daß ihr nicht soviel Lärm macht, sonst bekommt ihr Schwierigkeiten. Bis bald!"

Jenni radelte davon. Katrin dreht sich zu den Zwillingen um und sagte: „Schaut, ob die Luft rein ist! Worauf könnten wir ihn denn betten?"

„Im Geräteschuppen steht eine alte Holzkiste", sagte Nanni eifrig. „Die wäre gerade das Richtige. Ich hole sie."

Sie rannte fort. Hanni ging unterdessen ins Schulgebäude und schaute nach, ob Katrin ungesehen hereinschlüpfen konnte. Als Signal pfiff sie einen Liedanfang, und Katrin hastete mit dem Hund ins Haus. Sie stiegen die Treppen hinauf, ohne jemand zu begegnen. Aber als sie um eine Ecke biegen wollten, hörten sie näherkommende Schritte und die laute Stimme von Mamsell, die sich mit irgend jemand unterhielt.

„O Schreck", murmelte Katrin und wollte die Treppe wieder hinabeilen. Doch nun stieg auch noch jemand herauf. Hanni öffnete die Tür eines großen Besenschranks und drängte Katrin mit dem Hund hinein. Sie schloß die Tür hinter den beiden und kniete sich dann hin. Sie gab vor, ihren Schuh neu zu binden. Gerade als Mamsell und Fräulein Jenks an ihr vorbeigingen, winselte drinnen im Schrank der Hund. Mamsell schaute sich überrascht um.

„Tiens! Warum jaulst du wie ein Hund?" fragte sie Hanni und ging weiter. Hanni öffnete die Tür.

„Hast du gehört, was Mamsell sagte?" fragte sie. „Jetzt ist die Luft rein, beeil dich!"

In wenigen Augenblicken hatten sie den Kofferraum

erreicht. Er lag unter dem Dach. Gleich darauf kam auch Nanni mit der Holzkiste und einer alten Decke, die sie in einer Truhe der Turnhalle gefunden hatte. Sie brachte auch Wasser und Salbe mit. Die Mädchen betteten den Hund in die Nähe der Warmwasserleitungen. Katrin säuberte die Wunden; der kleine Terrier hielt geduldig still und leckte dankbar Katrins Hände.

„Du hast viel Geschick mit Tieren!" sagte Hanni, die sie beobachtete. „Er scheint dich wirklich zu mögen."

„Wenn ich groß bin, will ich Tierärztin werden", sagte Katrin kurz angebunden und wandte sich dann wieder dem

Liebevoll versorgte Katrin den kleinen Hund

Hund zu. „Jetzt bist du ganz in Ordnung, mein Kleiner. Leck nicht die ganze Salbe herunter. Ich werde dir noch Wasser und etwas zum Fressen bringen."

Der Gong ertönte, und die drei Mädchen rannten die Treppe hinunter. Unterwegs trafen sie Jenni.

„Ich habe mich bei der Polizei erkundigt", flüsterte Jenni. „Bis jetzt hat sich noch niemand gemeldet. Ich mußte sagen, wie der Hund aussieht, und dann wollten sie noch eure Namen und Adressen."

„Du meine Güte! Was bist du für ein Dummkopf!" rief Katrin erschrocken. „Was wird Fräulein Theobald denken, wenn die Polizei anruft und mich sprechen will."

„Ich *mußte* es angeben", erwiderte Jenni. „Du darfst doch die Polizei nicht anlügen, oder? Übrigens glaube ich nicht, daß man den Hund sucht. Mache dir also deswegen keine Sorgen!"

Katrin machte sich trotzdem Sorgen. Als sie am Abend das Telefon läuten hörte, war sie ganz sicher, daß es die Polizei war. Aber es kam nur ein privater Anruf für Fräulein Roberts.

Der Hund wurde gefüttert und versorgt, danach lag er ganz zufrieden in seiner Kiste.

„Wir sollten ihn ein wenig an die frische Luft führen", meinte Katrin. „Wie können wir das nur tun, ohne gesehen zu werden?"

„Vielleicht packen wir ihn in ein Bündel Kleider", schlug Hanni vor. „Wir nehmen einfach die Kostüme, die wir für die Theateraufführung genäht haben. Dann denken alle, wir gingen zu einer Probe."

So machten sie es. Der Hund wurde sorgfältig eingepackt, und Katrin trug ihn hinunter auf den Hof. Dort durfte er ein wenig herumtollen und mit den Mädchen spielen.

Nach fünf Minuten nahm ihn Katrin wieder auf den Arm und brachte ihn zurück ins Haus.

Aber diesmal hatten sie nicht soviel Glück. Sie trafen Linda Turm, die stehenblieb und sie verwundert anschaute. „Wißt ihr nicht, daß es Zeit ist, schlafen zu gehen?“ fragte sie. „Wieso spaziert ihr eigentlich hier herum? Und was habt ihr denn in diesem Bündel?“

Der Hund bewegte sich wieder heftig, und mit einemmal schaute sein Kopf heraus. „Wir haben uns so bemüht, daß ihn niemand sieht“, sagte Katrin fast weinend. „Linda, er ist angeschossen worden, er ist . . .“

„Wenn ihr mir nichts erzählt, dann weiß ich auch nichts“, sagte Linda, die Tiere auch sehr liebte. „Nehmt euren Packen Kleider und verschwindet!“

„Linda ist ein feiner Kerl!“ sagte Hanni, als die drei Mädchen die Treppe zum Dachboden hinaufrannten. „Beeile dich, Kat, sonst bekommen wir noch Ärger!“

Sie betteten den Hund wieder in seinen Korb. Er leckte ihre Hände und bellte ein bißchen.

„Wir behalten ihn ja nur ein, zwei Tage, bis es ihm wieder besser geht“, erwiderte Katrin. „Dann wissen wir auch, wem er gehört, und dann können wir ihn zurückgeben.“

Aber das war leichter gesagt als getan.

Das Geheimnis bellt

Die ganze Nacht über verhielt sich der Hund friedlich. Am nächsten Morgen schlich sich Katrin sehr früh auf den Dachboden, um einen kleinen Spaziergang mit ihm zu machen. Diesmal wollte sich aber der kleine Terrier nicht einpacken lassen. Katrin mußte ihn daher mit einem Stück Schnur festbinden. Zusammen rannten sie die Treppe hinunter und versuchten, möglichst leise zu sein. Aber die

Pfoten tappten auf dem glatten Linoleum, und Katrin hatte Angst, daß jemand aufmerksam würde. Doch sie hatten Glück und kamen ungesehen im Hof an.

Während der Nacht waren die Wunden des kleinen Terriers gut abgeheilt, er sprang übermütig herum. Katrin hatte viel Spaß, und sie hoffte gegen alle Vernunft, daß sie den Hund behalten dürfte.

Wenn ich ihn doch bis zu den Ferien hier in Lindenhof beherbergen könnte, und wenn ich ihn dann mit nach Hause nehmen dürfte! dachte sie immer wieder. Ach, wäre das schön!

Schließlich brachte sie ihn auf den Dachboden zurück. Aber nun wollte er sie nicht fortgehen lassen. Immer, wenn Katrin die Tür zumachte, fing er an zu bellen und am Holz zu kratzen.

Das Schulzimmer der zweiten Klasse lag gerade unter dem Kofferraum. Während des Unterrichts paßte Katrin genau auf, ob sie irgendwelche Geräusche hörte. Ihre scharfen Ohren vernahmen sehr bald das Getrappel von Pfoten und leises Winseln, aber Fräulein Roberts schien nichts zu bemerken.

Doch als Mamsell ihren Französischunterricht gab, war der Hund sehr deutlich zu hören — und Mamsell hörte ihn! Als er zum erstenmal aufjaulte, schaute sie sich überrascht um.

„Was ist denn das für ein Geräusch?“ fragte sie.

„Was für ein Geräusch, Mamsell?“ erkundigte sich Nanni mit unschuldigem Gesicht.

„Das Geräusch eines Hundes!“ sagte Mamsell ungeduldig. „Hörst du nicht das Winseln und Bellen?“

Die ganze Klasse gab vor, genau hinzuhören. Dann schüttelten die Mädchen den Kopf.

„Sie müssen sich irren, Mamsell!“ sagte Doris ernsthaft.

„Es gibt doch gar keine Hunde in der Schule“, meinte Jo. „Es gibt doch nur Katzen.“

Mamsell wunderte sich sehr, daß niemand diese seltsamen Geräusche hörte. „Dann müssen es meine Ohren sein!" sagte sie und schüttelte ihren großen Kopf kräftig. „Der Doktor muß mir die Ohren ausputzen. Ich kann doch in meinem Kopf keine Hunde gebrauchen."

Die Klasse, die schon verstohlen gekichert hatte, brach nun in ein lautes befreiendes Lachen aus. Mamsell klopfte auf ihr Pult. „Genug jetzt! Ich habe keinen Scherz gemacht! Nehmt eure Hefte und fangt an zu schreiben."

Der Hund untersuchte in der Zwischenzeit den Kofferraum. Nach den Geräuschen zu urteilen, zerkratzte er Wände und Türen sehr gründlich. Mamsell schaute ein- oder zweimal sehr verwundert in die Klasse, aber da alle Mädchen nichts zu hören schienen, schwieg sie. Aber sie legte gelegentlich die Hände an die Ohren und nahm sich vor, den Arzt noch am gleichen Tag aufzusuchen.

Die Zwillinge und Katrin verbrachten fast ihre ganze Freizeit bei dem Hund. Er freute sich immer sehr, wenn sie kamen, und sie mochten ihn jedesmal ein wenig mehr. Es war nur unangenehm, daß er jetzt bellte und winselte, wenn sie den Dachboden verließen. Die Mädchen hatten ständig Angst, daß man ihn entdeckte. Zwei Tage vergingen ohne Störungen. Die Mädchen pflegten den kleinen Terrier, sie fütterten ihn, gaben ihm Wasser zu trinken und führten ihn heimlich hinunter auf den Hof, damit er ein wenig Auslauf hatte. Katrin liebte ihn sehr zärtlich.

„Da sich sein Besitzer nicht meldet, kann ich ihn vielleicht doch behalten", sagte Katrin zu den Zwillingen, als sie wieder einmal den kleinen Hund besuchten. „Ich mag ihn so sehr. Ich könnte es nicht ertragen, daß ihn die Polizei abholt und ins Tierasyl bringt."

„Dann behalte ihn doch", sagte Hanni. „Bald haben wir ja Ferien. Aber du mußt ihn von hier fortnehmen, wenn die Koffer geholt werden. Wo willst du ihn dann hinbringen?"

Der Hund nahm ihnen die Entscheidung ab. Eines Morgens nämlich, vier Tage nachdem sie ihn gefunden hatten, fühlte er eine seltsame Ruhelosigkeit und ein Bedürfnis nach Freiheit. Er sprang an die Tür und versuchte die Klinke zu erreichen. Zufällig kam er mit der Pfote an den Riegel, und die Tür öffnete sich. Der Hund bellte vor Freude. Er stieß das Gatter weit auf und trottete die Treppenstufen hinunter.

Es wäre vielleicht alles gut gegangen, wenn er nicht auf eine der Katzen gestoßen wäre. Mit einem lauten Heulen stürzte er sich darauf. Den Schwanz steil in die Höhe gereckt, floh die Katze den Korridor entlang; der kleine Terrier rannte hinterher. Und auf diese Weise lernte die Direktorin den Hund kennen.

Sie ging gerade zu einem der Klassenzimmer, als erst die Katze und dann der Hund an ihr vorbeiflitzten. Sie drehte sich überrascht um. Katzen wurden in der Schule gehalten wegen der Mäuse, aber wo in aller Welt kam ein Hund her?

Die Katze sprang aus einem Fenster. Der kleine Hund stand einen Augenblick überrascht still, dann trottete er den Gang entlang und sah sich nach Katrin um. Er schnüffelte und ging zur Tür des Klassenzimmers, in dem sich Katrin befand. Er stellte sich auf die Hinterbeine und kratzte an der Tür.

Mamsell gab gerade Französischunterricht. Als der Hund an die Tür sprang und laut winselte, sprang Mamsell auf.

„Tiens! Diesmal sind es nicht meine Ohren. Hier ist wirklich ein Hund", sagte sie, ging zur Tür und öffnete sie. Mit wedelndem Schwanz rannte der Hund herein und geradewegs auf Katrin zu.

Dann erschien Fräulein Theobald, entschlossen, die Herkunft des fremden Hundes zu ergründen. Sie betrachtete die erstaunte Klasse, die wütende Mamsell und schließlich

Katrin, die sich sehr bemühte, den aufgeregten Hund zu beruhigen.

„Was soll das alles bedeuten?“ fragte Fräulein Theobald mit ihrer ruhigen, ernsten Stimme. Mamsell schlug die Hände über dem Kopf zusammen und erzählte, daß sie schon seit Tagen einen Hund höre, sich aber nicht erklären könne, woher er käme.

„Vielleicht weiß Katrin mehr darüber?“ sagte Fräulein Theobald. „Komm in mein Büro und gib mir eine Auskunft, Katrin!“

Das Mädchen wurde blaß und stand auf. Sie folgte der Direktorin in ihr Zimmer; der kleine Hund trottete mit.

„Setz dich hin und erzähle mir alles!“ sagte sie.

„Ich wollte niemand ärgern!“ begann Katrin. „Aber er war so verletzt, Fräulein Theobald, und ich habe doch Hunde so gern, und ich habe noch nie ein eigenes Tier besessen ...“

„Bleib bitte beim Thema“, sagte die Direktorin. Und so berichtete Katrin die ganze Geschichte, und Fräulein Theobald hörte aufmerksam zu. Als Katrin geendet hatte, rief sie die Polizeiwache an. Katrins Herz hörte einen Moment auf zu schlagen. Was wollte die Direktorin unternehmen?

Fräulein Theobald erkundigte sich, ob ein Hund als vermißt gemeldet war. Anscheinend war das nicht der Fall. Dann fragte sie, was mit einem Hund geschähe, der keinen Besitzer mehr hätte. Endlich legte sie den Hörer wieder auf und drehte sich zu Katrin um, die den kleinen Terrier nun auf ihren Knien hatte.

„Ich weiß nicht, wie ihr den Hund die ganze Zeit verborgen habt“, sagte sie, „und ich will es auch gar nicht wissen. Du hast Tiere sehr gern, Katrin, und du darfst den Hund behalten, wenn sich sein Besitzer nicht meldet. Bis zu den Ferien kannst du ihn hier in Lindenhof unterbringen. Für diesmal will ich die Vorschrift außer acht lassen, daß Hunde in der Schule nicht geduldet werden. Aber bis Weihnachten muß er irgendwo in den Ställen schlafen; nach den Ferien kann er bei deinen Angehörigen bleiben."

Hätte Katrin vor der Direktorin nicht so großen Respekt gehabt, wäre sie ihr sicher aus Freude um den Hals gefallen. Sie hatte einen solchen Kloß in der Kehle, daß sie kaum sprechen konnte. Immerhin gelang es ihr, ein „Danke" zu stammeln. Der Hund hatte weniger Ehrfurcht vor Fräulein Theobald, er rannte auf sie zu und leckte ihr die Hände, als hätte er jedes Wort begriffen.

„Bring ihn jetzt zu den Ställen und bitte einen der Gärtner, einen warmen Platz für ihn zu suchen", sagte Fräulein Theobald. „Und wenn du wieder einmal etwas Seltsames planst, dann komm vorher zu mir oder zu Fräulein Roberts und sage Bescheid. Das würde uns eine Menge Ärger ersparen."

Katrin rannte mit leuchtenden Augen davon. Der Hund folgte ihr auf dem Fuß. Bevor sie zu den Ställen ging, stürmte Katrin in ihr Klassenzimmer. „Hört", rief sie mit geröteten Wangen. „Ich darf den Hund behalten. Ich nehme ihn mit nach Hause ..."

„Katrin! Ich erlaube nicht, daß du meinen Unterricht derart störst!" schrie Mamsell und stand wütend auf. Katrin verschwand sofort. Sie ging zu den Ställen und bat einen Gärtner, dem Hund einen guten Platz zuzuweisen. Dann ging sie zurück in ihr Klassenzimmer. Sie setzte sich ganz still auf ihren Platz. Mamsell hatte noch eine ganze Menge zu sagen, aber die Worte prallten an Katrin ab. Sie saß da und träumte von ihrem Hund.

„Wenn du jetzt nicht aufpaßt", hörte sie plötzlich, „dann wirst du einen dreiseitigen Aufsatz über Hunde schreiben." Da riß Katrin sich zusammen. Sie sah, wie die ganze Klasse grinste. Mamsell war böse und belustigt zugleich, denn bis dahin hatte das Mädchen nicht ein Wort ihres Vortrags mitbekommen.

Natürlich wollte Katrin bei aller Tierliebe keinen dreiseitigen Aufsatz französisch schreiben. Dann könnte sie ja gar nicht mit ihrem Hund spazierengehen! Deshalb arbeitete sie in den nächsten zwanzig Minuten sehr angestrengt, und Mamsell war wieder zufrieden.

Alle Schülerinnen liebten den kleinen Terrier. Auch die Lehrerinnen mochten ihn sehr. Nur Mamsell betonte immer wieder, daß eine Schule nicht der geeignete Platz für Hunde sei. „Er ist fürchterlich", sagte sie, so oft sie ihn sah. „Dieser Hund! Wie hat er doch meinen Unterricht gestört!" Aber sie sprach mit einem Zwinkern in den Augen, so daß niemand ihre Bemerkung sehr ernst nahm.

Die Theateraufführung

Die Ferien rückten immer näher. Die Mädchen freuten sich auf Weihnachten und hatten kaum noch Interesse am Unterricht. Aber auch die Lehrerinnen wurden ein wenig müde, und selbst das strenge Fräulein Roberts war nachsichtiger.

Nur Mamsell war eifrig wie immer. Ihrem Unterricht konnte wahrscheinlich nicht einmal ein Erdbeben etwas anhaben.

Die letzten zwei Wochen verliefen in großer Aufregung, denn so wie die zweite Klasse planten alle anderen eine Aufführung. Mit drei Stunden für das ganze Programm wurde gerechnet. Mamsell hatte ihre kleinen französischen Theaterstücke und Lieder mit jeder Klasse eingeübt. Die Größeren wollten eine kurze Szene auf lateinisch sprechen, ein lustiges Verkleidungs- und Ratespiel war geplant, weiter ein kleines Jazz-Konzert und viele, viele Einzelnummern.

Endlich kam der große Tag heran. Das Fest begann um sechs Uhr. Die riesige Turnhalle stand voller Bänke und Stühle. Vor der Bühne standen Scheinwerfer. Die Lehrerinnen saßen in den ersten drei Reihen. Die meisten ließen sich überraschen, sie kannten höchstens die Nummer ihrer Klasse. Hinter den Lehrerinnen saßen die Angestellten, dann die Klassen. Von ihnen verschwand ein Teil immer leise hinter der Bühne, sobald ihre Nummer herankam. Zuerst kam die Verkleidungsszene. Als der Vorhang aufging, sah man lauter Mädchen in allerlei komischen Kleidern und Hüten. Die Zuschauer lachten, besonders, als die Köchin rief: „Aber das ist ja mein alter Hut! Wo habt ihr den bloß aufgestöbert?" Die Zuschauer sollten erraten, welche Gestalten dargestellt wurden. Das gab ein lustiges Geschrei, und im Nu war die Stimmung großartig. Jede richtige Antwort wurde tüchtig beklatscht. Es folgte das lateinische Stück. Es wurde natürlich von den unteren Klassen kaum verstanden. Trotzdem hörten sie höflich zu. Im geheimen fanden sie die erste Nummer sehr, sehr viel besser.

Das Jazz-Konzert war sofort ein Erfolg. Selbst Mamsell vergaß, daß sie sich ständig über den „Lärm" aufgeregt hatte. Die kleinen Musikerinnen spielten die modernsten Schlager; die Zuhörer sangen mit und klatschten mit den Händen den Takt dazu. Viele Zugaben wurden verlangt. Dann war Pause. Die Klassen gingen hinüber in den Speisesaal. Wieviel feine Sachen gab es!

„Das können wir nie aufessen", sagte Hanni.

„Hanna Sullivan, du weißt nicht, was du redest!" sagte Jenni und nahm sich ein Schinkenbrötchen. „Hier, nimm auch eins, solange es noch eins gibt."

Natürlich irrte sich Hanni: In knapp zwanzig Minuten lag nicht ein Krümel mehr auf den Tellern. Die Mädchen hatten alles aufgegessen. Katrins kleiner Hund hatte ihnen geholfen.

Katrin hatte ihn heimlich mitgebracht und an ein Tischbein gebunden. Still saß er unter dem großen Tisch und ließ sich von Katrin einen Bissen nach dem anderen zureichen. Er war gescheit genug, keinen Ton von sich zu geben. So wurde er von niemand entdeckt. Nur Nanni bemerkte ihn. Sie hatte nämlich staunend beobachtet, wieviel Wurstbrötchen Katrin verzehrte. Plötzlich ging ihr ein Licht auf. Sie sah vorsichtig unter den Tisch. Natürlich, da saß der Hund. Katrin merkte, daß Nanni die Sache durchschaut hatte. Sie legte den Finger auf den Mund und flüsterte: „Verrat mich nicht. Warum soll er nicht auch eine Freude haben? Und ist er nicht brav?"

Danach ging es dem kleinen Terrier noch viel besser, nun wurde er von zwei Mädchen gefüttert.

Den zweiten Teil des Abends eröffnte die zweite Klasse mit ihrem großen Stück. Suse spielte so gut, daß alle Zuschauer ihren Namen riefen und sie sich noch einmal zeigen mußte. Das war für sie der glücklichste Augenblick ihres Lebens. Aufgeregt und mit roten Wangen stand sie auf der Bühne. Sie sah sehr hübsch aus, und ihre Klassenkameradinnen gönnten ihr den Erfolg. Winifred schaute zu Hanni hinüber und lächelte. Sie war froh, daß sie mithelfen konnte, aus der verschüchterten Suse dieses glückliche, zufriedene Mädchen zu machen.

Auch das französische Stück wurde ein großer Erfolg, und Mamsell strahlte. Plötzlich fand sie die zweite Klasse gar nicht mehr so fürchterlich.

Schließlich führte Doris ihren selbsterfundenen Tanz vor, der begeistert aufgenommen wurde. Die Mädchen verlangten eine Zugabe, und Doris zeigte wieder einmal ihren Clown-Tanz, den die Schülerinnen so liebten. Diesmal endete er nicht so abrupt wie beim großen Mitternachtsfest, und Doris konnte viel Beifall entgegennehmen.

Bei den letzten Takten der Musik gab es aber doch eine Störung: Katrins kleinem Hund war es im Speisesaal zu langweilig geworden; er hatte die Leine zerbissen und war in die Turnhalle gerannt. Er sprang auf die Bühne und hüpfte an Doris hoch. Sie fiel über ihn, und damit fand der Clown-Tanz ein sehr komisches Ende. Katrin packte den Missetäter schnell und brachte ihn aus dem Saal. Sie hatte Angst, gescholten zu werden. Aber niemand war böse, noch nicht einmal Mamsell, die den Hund doch immer so fürchterlich gefunden hatte.

Der bunte Abend schloß mit einem gemeinsamen Lied. Dann mußten alle ins Bett.

Sie schwatzten und lachten noch eine ganze Weile im Schlafsaal, es war ja der letzte Schultag.

Die Weihnachtsferien waren da.

Katrins kleiner Hund machte dem Clown-Tanz ein Ende

Der letzte Tag vor den Ferien

Am nächsten Morgen wurden die Koffer vom Dachboden geholt und gepackt. Die Hausmutter rannte eifrig hin und her und überwachte alles. Doris mußte jedes einzelne Stück wieder aus dem Koffer nehmen.

„Aber ich werde keine Zeit mehr haben, alles neu einzuordnen!“ sagte Doris und lachte über das ärgerliche Gesicht der Hausmutter.

„Du packst anständig . . . und wenn du bis zur nächsten Woche hierbleibst!“ sagte die Hausmutter grimmig. „Deine Mutter und deine Tanten waren Schülerinnen hier, und sie haben nicht gelernt, wie man einen Koffer packt, aber du wirst es lernen. Es ist doch unvernünftig, zerbrechliche Sachen untenhin zu legen und die Schuhe und Sportsachen obendrauf zu stopfen!“

„Kat! Du mußt mir noch deine Adresse geben!“ schrie Hanni. „Ich will dir doch in den Ferien schreiben.“

Katrin wurde ganz rot vor Aufregung. Noch nie hatte sie jemand nach ihrer Anschrift gefragt. Sie schrieb ihre Wohnung auf und startete damit einen allgemeinen Austausch von Adressen.

Die Schule sah gar nicht mehr wie eine Schule aus. Überall wurde gekichert und geschwatzt. Sogar die Lehrerinnen waren nicht länger ernst, sondern gingen lachend durch die Gänge der Schule und machten genauso viel Pläne für die Ferien wie die Schülerinnen.

„Ich bin sehr zufrieden mit meiner Klasse“, sagte Fräulein Roberts. „Ein paar Mädchen haben sich wirklich zu ihrem Vorteil verändert. Sie sind kaum wiederzuerkennen.“

„Wie haben sich diese Sullivan-Zwillinge entwickelt?“

sagte Fräulein Jenks. „Zu Anfang rechnete ich mit Schwierigkeiten. Wissen Sie eigentlich, daß man sie die ‚hochnäsigen Zwillinge' nannte?"

„Sie haben sich sehr gut eingelebt", sagte Fräulein Roberts sofort. „Sie sind sehr intelligente Mädchen. Lindenhof wird einmal stolz auf sie sein. Darauf gebe ich Ihnen mein Wort. Aber sie stecken auch voll Übermut. Passen Sie nur auf, wenn Sie sie einmal in Ihrer Klasse haben!"

„Mit Mädchen aus Ihrer Klasse habe ich eigentlich selten Ärger", erwiderte Fräulein Jenks. „Den meisten Ärger gibt es immer mit den Neuen."

Mamsell ging vorbei. Sie strahlte und notierte die Anschriften der Mädchen in ihr kleines schwarzes Buch.

„Die gute Mamsell Fürchterlich", wisperte Hanni, und die Mädchen kicherten.

Die Lehrerin besaß scharfe Ohren und hatte gehört, was Hanni gesagt hatte

„Wie nennt ihr mich?" wollte sie wissen und stellte sich wie ein Turm vor Hanni hin

„Oh — nichts", erwiderte das Mädchen erschrocken.

„Du wirst es mir sagen. Ich verlange es!" forderte Mamsell, und ihre Augen funkelten.

„Nun", sagte Hanni zögernd, „ich nenne Sie nur Mamsell Fürchterlich, weil Sie früher unsere Arbeiten immer fürchterlich genannt haben. Bitte, seien Sie nicht böse!"

Aber Mamsell war nicht böse. Sie hatte viel Humor, und der Name, den die Zwillinge ihr gegeben hatten, gefiel ihr. Sie mußte sehr lachen.

„Mamsell Fürchterlich! So nennt ihr eure Französisch-Lehrerin. Und im nächsten Jahr werdet ihr nur vorzügliche Aufsätze abliefern, und dann heiße ich wohl ‚Mamsell Vorzüglich'?"

Schließlich waren alle Koffer gepackt, die Mädchen verabschiedeten sich bei der Direktorin. Als die Zwillinge zu Fräulein Theobald kamen, lächelte sie sehr freundlich.

„Eigentlich wolltet ihr doch nicht nach Lindenhof kommen; habe ich recht?“ sagte sie. „Aber jetzt habe ich fast das Gefühl, daß ihr eure Ansicht geändert habt!“

„Ja, jetzt sind wir anderer Ansicht“, sagte Hanni. „Wir wollten nicht hierherkommen. Wir hatten vor, uns ganz schrecklich zu benehmen, und das versuchten wir auch. Aber jetzt gefällt es uns hier.“

„Und wir freuen uns so sehr, nach den Ferien wiederzukommen“, fügte Nanni eifrig hinzu. „Wir haben uns so an Lindenhof gewöhnt.“

. . . das steht in den nächsten Bänden

Enid Blyton

Hanni und Nanni schmieden neue Pläne 145 Seiten

Hanni und Nanni in neuen Abenteuern 144 Seiten

Kein Spaß ohne Hanni und Nanni 144 Seiten

Lustige Streiche mit Hanni und Nanni 130 Seiten

Fröhliche Tage für Hanni und Nanni 130 Seiten